On the road again

Ou Méfiez-vous des blondes

Eros Walker

Prologue

La journée avait pourtant bien commencé. J'avais quitté Vegas sous le soleil du printemps, la capote de la Mustang ouverte, en écoutant « Born to be wild » à fond. Je tapais le rythme sur le volant en chantant avec Steppenwolf. Une canette posée sur la console à portée de main, j'étais heureux.

J'avais passé toute la semaine à Vegas, à jouer au poker, invité par le Bellagio pour des parties privées où l'on joue gros. Quelques caves pleins aux as avaient cru pouvoir lutter contre moi et j'avais encaissé un joli paquet, ce qui m'avait permis de repartir au volant d'une belle caisse presque neuve, une 5.0 de deux mille vingt, avec quatre cent soixante chevaux sous le capot.

Le ciel du désert était bleu, sans un nuage à l'horizon. Le moteur ronronnait et la route défilait. J'étais parti vers le nord-ouest, sur la 95, avec l'idée de rejoindre San Francisco par le parc de Yosemite. Je roulais depuis une heure à peine quand je me suis rendu compte que je n'avais pas contrôlé le niveau du réservoir. La jauge indiquait un quart. Pas de quoi s'alarmer, mais je décidai de m'arrêter à Beatty pour faire le plein et manger un morceau. Il n'y a pas beaucoup de stations en dehors de Las Vegas, et j'aurais pu m'arrêter à Amargosa, mais j'avais choisi Beatty, allez savoir pourquoi. Ce trou à rats n'existe que parce que c'est le point d'entrée de la Vallée de la Mort, mais c'est aussi pour ça qu'il y a des restos et des stations-essence.

J'aurais vraiment mieux fait de m'arrêter à Amargosa Valley, mais ça je ne pouvais pas encore le savoir.

En arrivant à Beatty, je me suis garé devant chez Mel's. Je n'avais aucune raison particulière de choisir ce diner * là, mais c'était le premier à l'entrée de la ville. Une femme qui devait approcher les cent ans est venue prendre ma commande en trainant des pieds. Elle m'a tendu le menu sans dire un mot et elle repartie, avant de revenir aussi lentement avec un pichet d'eau glacée. J'ai commandé des œufs Benedict avec une grosse tranche de bacon canadien et des toasts. Quand elle a transmis ma demande, j'ai entendu une voie caverneuse grommeler quelque chose d'incompréhensible dans la cuisine. Les œufs étaient bons, le café un peu moins. J'ai payé 16 dollars et laissé 3 billets en guise de pourboire, grand seigneur.

C'est à la station Arco que les ennuis ont commencé. Si j'avais fait trois cent mètres de plus, pour aller chez Eddie, tout aurait été différent, mais je me suis arrêté chez Arco. Après avoir fait le plein, je suis allé payer à la boutique, j'aurais pu utiliser ma carte de crédit, mais j'avais encore du cash plein les poches. La fille était un peu à l'écart, en train de siroter un Dr Pepper. Je ne pouvais pas la manquer. Une fille comme ça, on ne peut pas la manquer. Pendant que je payais mon carburant, elle s'est approchée et au moment où je me retournais pour sortir, elle m'a demandé où j'allais.

Elle avait la voix un peu rauque de certaines chanteuses de rock, qui collait bien avec son look. On aurait dit Marylin sur la jaquette de « Rivière sans Retour ». Je lui ai dit que je remontais vers le nord. Elle m'a demandé si je voulais bien l'emmener et moi, sans réfléchir, j'ai dit oui.

* Diner : un restaurant traditionnel, sans prétention aux Etats-Unis

Flynt

Je m'appelle Jonathan Flynton, mais la plupart de mes amis, disent Flynt tout court. J'ai quarante ans et je suis un pur californien. J'ai grandi à Carpinteria, une petite ville côtière à une heure de voiture de Los Angeles. Mes parents se sont installés là quand ils ont décidé de vivre ensemble à la fin des années 70. C'était encore la période rebelle et mon père avait milité contre la guerre du Vietnam, sur le campus de l'UCLA. Ma mère avait vécu un moment dans une communauté de hippie, les seins nus et des fleurs dans les cheveux. Mon vieux était plutôt doué en maths et c'était les débuts de l'informatique commerciale. Il a gagné un peu d'argent en vendant ses compétences à des pionniers du calcul numérique, avant de nous laisser tomber pour créer une boîte dans la Silicon Valley. Ma mère m'a élevée seule, enfin, façon de parler parce qu'il défilait du monde dans notre petite maison sur la plage. Moi j'allais à l'école comme tout le monde, mais pas plus. J'avais sans doute hérité de quelques gènes paternels car j'étais plutôt doué pour les disciplines scientifiques, ce qui me servirait bien plus tard. Ce qui me branchait vraiment, c'était le surf et écouter les amis de ma mère refaire le monde en faisant tourner les joints.

C'est à la fin de l'une de ces interminables soirées que j'ai été dépucelé par une amie de passage.

J'avais à peine quatorze ans, mais j'étais plutôt bien bâti, bronzé avec de longs cheveux à la blondeur accentuée par le sel et le soleil. La fille s'appelait Barbara, et elle avait bien trente ans, mais elle avait des seins splendides, qu'elle ne cachait pas trop. Elle m'a filé une taffe de son pétard. J'avais déjà fumé de l'herbe, mais celle-là était forte. Cinq minutes après, on était à poil sur le lit de ma mère. J'ai commencé à caresser sa poitrine, puis elle a pris ma main et l'a amenée dans sa toison, jusqu'à ce que je sente l'humidité sur mes doigts. Dix minutes plus tard, j'étais devenu un homme. Quand nous sommes revenus sous la véranda, tout le monde a applaudi et ma mère m'a fait un grand sourire.

À dix-huit ans, quand j'ai terminé le lycée, j'aurais pu aller à l'université, j'avais largement le niveau mais je n'en avais pas trop envie. Je m'étais un peu lassé de la vie facile, surf, joints, filles. On avait eu une conférence par un recruteur de la Navy. Je me suis laissé tenter. Quatre ans plus tard, j'étais dans les Seals * en Irak, mais je n'ai pas le droit d'en dire plus, c'est encore classifié. Pendant ma période d'instruction, j'ai tiré avec tout ce qui existe comme armes à feu et j'ai appris à tuer à l'arme blanche et même à main nue, mais sur le terrain, j'étais chargé des communications et de tout ce qui ressemblait à un équipement électronique. On a fait pas mal de sales boulots et j'ai perdu quelques bons copains, mais au bout du compte, on s'en est mieux tiré que ceux qui sont allés en Afghanistan. La Marine m'a donné une solide formation et quand je suis retourné dans le civil en deux mille dix, je n'ai pas eu de mal à trouver un bon job dans une start-up spécialisée en sécurité informatique. C'était bien payé et j'ai pu me remettre au surf. Je me suis offert un des ces camping-cars, grand comme un bus, dans lequel je vivais au raz de la plage. Je bossais à mon rythme, souvent depuis chez moi, passant au bureau à Ventura une fois pas semaine pour montrer que j'étais toujours là. Le reste du temps j'attendais la vague.

Cette période a duré un peu plus de cinq ans, de consultant en cybersécurité, j'ai failli devenir hacker professionnel, j'aurais pu me faire un bon paquet de fric aux travers des failles que je détectais chez les clients de la boîte, mais j'ai préféré rester du bon côté de la Force.

Durant mes dix ans passés dans la Marine, vous vous doutez bien qu'il y avait eu d'interminables périodes d'attentes, de transports et d'ennui. Dans ces moments là, dans toutes les armées du monde, les soldats jouent aux cartes. Chez les Seals, c'était le poker. Je vous ai dit que j'étais plutôt doué en calcul. J'ai vite appris à me servir de cette aptitude pour autre chose que décoder les messages. J'étais assez malin pour ne pas trop le montrer et je perdais un peu de temps en temps, sinon les copains m'auraient banni de leurs parties, mais malgré tout, j'étais toujours gagnant sur le long terme. Quand le temps était trop mauvais pour le surf, ou juste quand j'avais envie de changer d'air, je filais à Las Vegas, le temps d'un week-end. Je passais une ou deux nuits à jouer. J'ai débuté autour des grandes tables dans la fureur des casinos, puis petit à petit j'ai gravi les échelons et c'est comme ça que je suis devenu professionnel.

Ne croyez pas que je passe toutes mes nuits dans des tripots enfumés en buvant du bourbon bon marché. Vous avez peut-être vu ça dans des films, mais moi je ne travaille pas comme ça. Les grands casinos me payent pour animer des parties où ils font venir des pigeons fortunés pour leur faire perdre un max de pognon. Les clients achètent leurs jetons à la banque, mais moi, on me les fournit gratuitement. Je touche un fixe pour ma prestation, et un pourcentage sur les gains. Le but est de faire durer la partie le plus longtemps possible. Je suis free-lance, je travaille quand j'en ai envie ou quand j'ai besoin d'argent, ce qui est plutôt rare. Le reste du temps, je me balade, je surfe ou je skie à Aspen.

Comme vous pouvez l'imaginer, je ne suis pas marié. J'ai peut-être des enfants, mais je ne le sais pas. Quand je suis dans la région, je passe voir ma mère qui vit toujours dans sa maison de Carpinteria. Elle a un peu plus de soixante ans, mais c'est encore une femme très séduisante. Sa maison sur la plage reste un refuge pour des artistes sans le sou et des vieux copains de jeunesse qui ont réussi dans les affaires. On y fume toujours en écoutant Neil Young ou Cat Stevens. Ne croyez pas que je cherche à fuir les femmes, ou les hommes d'ailleurs. C'est juste que je n'ai pas envie de m'attacher, ni à une personne, ni à un lieu. Côté orientation, je pense qu'on me qualifierait de bi-sexuel, mais j'ai quand même une préférence pour les femmes. Il m'est arrivé de vivre quelques temps avec une partenaire, mais ça n'a jamais duré. Mon mode de vie n'est pas compatible avec le concept de couple.

Donc, pour résumer, je suis plutôt beau gosse, célibataire, aisé sans être vraiment riche, libre et désireux de le rester.

* Seals ou Navy Seals : Commandos d'élite de la marine américaine

Emily

C'est donc avec une passagère à mes côtés que je repris la route 95 vers le nord, en direction de Tonopah, dernière agglomération avant d'attaquer la Sierra et Yosemite. Une heure et demi de route, en respectant les limitations, ce que je m'appliquais à faire scrupuleusement. Rien ni personne ne m'attendait à l'arrivée, pas la peine de provoquer les shérifs pointilleux et désœuvrés de la région. Le premier accroc à ma sérénité intervint moins de cinq minutes après notre départ de Beatty. Alors que la radio diffusait « LA Woman », la jeune femme commença à manipuler la radio jusqu'à trouver une chaine country sur Sirius XM *.

« Hey Porter » de Johnny Cash envahit l'habitacle. Je visualisais une bande de bouseux du Midwest en train de s'envoyer des bières, comme dans les Blues Brothers. Elle me fournit un semblant d'excuse en m'expliquant qu'elle était du Tennessee, de Clarksville précisément, à la limite du Kentucky et que c'était la seule musique qu'elle aimait. Je lui demandais si elle buvait autre chose que du bourbon et elle me répondit qu'elle préférait la Bud Light. J'aurais pu supporter Johnny Cash dans le silence tout relatif de la Mustang, mais elle a éprouvé le besoin de me raconter sa vie, son père, chauffeur routier à son compte, toujours parti sur les routes du pays, sa mère vendeuse chez Walmart, qui arrondissait ses fins de mois en recevant des hommes dans la chambre au-dessus du garage et sa sœur, mère célibataire qui vivait dans la maison familiale avec son mouflet. Moi, je ne suis pas un mauvais gars, à part quelques pauvres types qui avaient tiré la mauvaise carte dans le désert et qui étaient tombés sur nous, je n'ai jamais tué personne, en tout cas à ce moment là. Alors je l'ai laissée vider son sac.

Elle m'a dit qu'elle s'appelait Emily Harris, mais que je pouvais l'appeler Emmy si je préférais. Personnellement, Emily ou Emmy, j'en avais rien à foutre. À ce moment-là, je n'avais plus qu'une envie, la larguer à Tonopah et continuer ma route dans le calme en écoutant du bon vieux rock. Il m'a quand même fallu entendre l'histoire de sa courte vie, elle n'avait que vingt-six ans. Depuis la maternelle jusqu'au collège, elle n'était pas allée plus loin, les garçons n'avaient pas cessé de lui courir après. Quand elle était petite, ils aimaient ses cheveux et ses joues rondes, qui donnaient envie de faire des bisous, puis ils s'étaient intéressés à ses seins et à ses fesses rondes, qui donnaient envie… bon vous m'avez compris. Il faut dire que dans son jean serré et son chemisier blanc noué à la taille, elle avait une certaine allure de pin-up pour GIs ou camionneurs. Je ne sais pas si elle tenait ça de sa mère, mais cette fille devait attirer les hommes comme le miel attire les mouches. Dès qu'elle avait eu dix-huit ans, elle était montée dans un Greyhound pour Memphis avec dans la tête l'idée de devenir chanteuse. Avec son physique, elle avait réussi a décrocher des petites prestations de choriste dans des formations de troisième ordre, gagnant juste de quoi vivre, partageant le lit des musiciens avec qui elle tournait.

À vingt-deux ans, elle dansait au Spearmint Rhino de Lexington, Kentucky. Elle avait un numéro de cow-girl, terminant en nu intégral. Je n'avais aucun mal à imaginer le style. À la fin de son numéro, il ne lui restait que ses bottes.

Pour ses vingt-cinq ans, le patron du club avait organisé une soirée spéciale à son attention. Un bellâtre avec des chaines en or et une Rolex était au premier rang, entouré de quelques seconds couteaux. Après deux danses et quelques verres, elle l'avait suivi à son hôtel. Ils étaient restés ensemble pendant presque un an. Elle vivait dans une belle maison, mais ne pouvait pas sortir sans être accompagnée d'un garde du corps. Un type qui avait eu le malheur de discuter un peu trop avec elle avait eu tous les doigts brisés à coups de marteau. Pour finir, elle avait été donnée en règlement d'une dette de jeu à un caïd de l'ouest qui avait tenté de l'intégrer à son cheptel de gagneuses à Las Vegas.

Je ne sais pas pourquoi le voyant rouge ne s'est pas allumé à ce moment. Pourquoi la sirène n'a pas retenti dans mon cerveau reptilien. Sans doute parce qu'à ce moment là Emily avait les pieds posés sur le tableau de bord et la chemise ouverte jusqu'au nombril. Sans doute parce qu'à ce moment là mon cerveau reptilien avait répondu à un instinct encore plus primaire que la survie, celui de la reproduction.

Il avait décodé « baise-moi », sans besoin de recourir à un algorithme sophistiqué.

Il était onze heures du matin, il faisait beau. Je me suis engagé sur le premier chemin de traverse et j'ai arrêté la voiture à trois cents mètres de la route principale, derrière un gros rocher.

* Sirius XM : chaine de radio par satellite, la seule que l'on capte dans le désert.

Tonopah ou Frisco ?

Dès que j'ai coupé le moteur, Emily s'est littéralement jetée sur moi. Il a fallu que je l'arrête pour qu'elle épargne les boutons de ma chemise. Quand elle a vu mon tatouage des Seals, elle a redoublé d'ardeur. Mon jean n'a pas fait le poids et je dois dire que je lui ai facilité la tâche. À ce moment là, j'avais lâché prise de mon côté et fait subir à son corsage le même sort que celui de ma chemise. Comme je l'avais présumé, elle ne portait rien dessous. Nous avons mélangé nos corps pendant quelques minutes, gênés par la console centrale et le levier de vitesses. J'ai attrapé une boite de capotes dans la boîte à gants et je lui ai dit de sortir de la voiture. Je l'ai couchée sur le capot et je l'ai prise comme une bête en rut. Elle criait son plaisir, mais au milieu du désert, elle ne risquait pas de déranger les voisins.

Je suis allé dans la malle arrière prendre une bouteille d'eau. Avec ce soleil, elle était tiède, mais ce n'était pas pour boire. Je me suis rafraichi le visage et le torse avant de lui passer. Elle a fait couler l'eau sur ses seins puis elle s'est grossièrement nettoyée avec un kleenex avant de remonter son jean trempé. J'ai eu une pensée pour le siège en cuir rouge, mais elle a vite été chassée par la marque de ses tétons qui pointaient à travers le chemisier humide.

Quand nous sommes remontés en voiture, nous n'avions pas prononcé une parole. J'ai repris le contrôle de la radio. Était-ce une coïncidence ou prémonitoire, je suis tombé sur « Suicide Blonde ». J'ai interdit à Emily de changer de station. Elle a fait semblant de bouder en regardant à l'extérieur, mais je m'en foutais.

— Je sais que tu as l'intention de me larguer à Tonopah, me dit-elle, mais je veux continuer avec toi.

— Tu ne sais même pas où je vais !

— Je m'en fous, Tonopah c'est encore au Nevada, et c'est trop près de Vegas.

— Qu'est-ce que tu fuis ?

Je ne sais pas ce que j'aurais fait si elle avait répondu à ma question à ce moment là, mais c'est sûr que les événements auraient sûrement pris une autre tournure pour moi. Au lieu de ça, elle a replié ses jambes et remonté ses pieds sur le cuir rouge du siège et elle s'est mise à sangloter. Alors, comme je ne suis pas une brute, je lui ai dit que j'allais à San Francisco. Elle m'a supplié de l'emmener au moins jusqu'à la frontière de la Californie. La première ville après la frontière, c'est Benton, un bled minuscule au milieu de nulle part. Je n'allais pas lui rejouer le coup du Bagdad Café, mais je ne lui dis pas tout de suite.

— On verra le moment venu, dis-je lâchement.

Le moment n'était plus très éloigné de toute façon, j'avais remarqué un panneau indiquant Tonopah à cinq miles. Comme nous arrivions au niveau des premières maisons, Emily se mit à crier.

— Tourne à droite, tout de suite !

Sans réfléchir, comme je ne roulais plus très vite, j'ai obéi, par réflexe.

— Il y a des flics au carrefour. J'ai vu le gyrophare.

— Et alors, je ne dépasse pas la limite de vitesse. Où est le problème ?

— Peut-être que c'est un contrôle.

— Pourquoi voudrais-tu qu'ils aient placé un barrage dans un trou paumé au milieu du désert ?

— On est proches de la frontière de l'état, non ?

— Il y a encore au moins une heure de route. Tu as quelque chose à te reprocher ? Tu es recherchée ?

— Je ne sais pas, mais je ne veux pas prendre le risque. Tu peux les éviter ?

— Oui, sans doute, en passant par les petites rues, on doit pouvoir éviter le croisement principal et rejoindre la 95.

— C'est ça, fais-le s'il te plait.

— OK, mais il va falloir que tu m'expliques un certain nombre de choses.

À ce moment précis, j'aurais pu changer le cours de ma vie. J'aurais pu lui dire de descendre de ma caisse et la laisser là avec ses problèmes. J'aurais pu aussi tranquillement passer devant les flics et leur expliquer que je ne connaissais pas cette fille, que je l'avais prise en stop à Beatty, ce qui pourrait se vérifier auprès du pompiste, mais au lieu de ça, j'ai contourné le carrefour et j'ai repris la route de la Californie avec cette blonde atomique à mes côtés.

À ce moment précis, la radio diffusait « Should I stay or should I go » .

Yosemite

Il faut près de huit heures pour rejoindre l'agglomération de San Francisco depuis Tonopah, par le parc de Yosemite et ses cols de haute montagne. Je me doutais que ce ne serait pas une partie de plaisir, mais je n'avais aucune envie de partager le volant avec ma passagère. Il me fallait malgré tout assurer un minimum de ravitaillement pour nous comme pour le véhicule. Je ne savais pas où j'aurais l'occasion de refaire le plein, aussi je décidai de recompléter le niveau à la sortie de la ville. J'ai repéré une station-service mitoyenne d'une supérette et j'ai envoyé Emily chercher des boissons et de la nourriture pendant que m'occupais du carburant. Si j'avais été un salaud, j'aurais pu en profiter pour filer en douce, mais je me suis contenté de l'attendre au volant. J'aurais sûrement mieux fait de faire ça d'ailleurs, ça aurait évité pas mal de problèmes, mais j'avais compris que cette fille avait des soucis, et même dix après avoir quitté la Marine, il me restait un semblant d'honneur chevaleresque. On pourra toujours me dire que je ne voulais pas laisser filer si vite une nana aussi chaude, mais c'est mal me connaître. Je prends du plaisir quand l'occasion se présente, je ne le nie pas, mais c'est quand même mon cerveau qui commande.

Emily est ressortie du 7-Eleven * avec les bras chargés de deux gros sacs en papier. Je suis descendu pour ouvrir la malle arrière et lui permettre de déposer ses emplettes. J'en profitai pour jeter un coup d'œil. Outre deux packs de six et quelques sandwiches, je repérai quelques affaires de toilette et ce qui m'a semblé être une paire de strings bon marché. Ce n'est qu'à ce moment que je réalisai qu'elle voyageait sans aucun bagage. Dès notre départ, j'entrepris de la questionner sur les raisons de son départ soudain de Vegas. Son désir d'éviter la police et son absence d'effets personnels me faisaient imaginer des scénarios plus problématiques les uns que les autres.

Elle ne me livra pas toute l'histoire en une fois et ce n'est qu'après avoir passé la limite du Nevada qu'elle se détendit un peu et consentit à m'en dire plus. Comme elle l'avait déjà raconté un peu plus tôt, elle avait fait l'objet d'une tractation entre deux voyous et offerte pour honorer une dette de jeu. Après avoir livré son corps à toute la table de poker, elle avait compris qu'elle allait rejoindre une équipe de tapineuses, au service de son nouveau maître. Elle avait décidé de filer en douce dès le petit jour, non sans avoir donné un coup de surin à l'un des hommes de main qui la surveillaient pour pouvoir prendre le large. Elle avait sauté dans un taxi jusqu'à la sortie de Vegas et là un camionneur l'avait prise en charge jusqu'à Beatty où elle avait jeté son dévolu sur moi.

— Je ne crois pas que ton mac se soit empressé d'aller te dénoncer aux flics, et même si c'était le cas, ils n'auraient pas envoyé un avis de recherche aussi rapidement dans tout l'état. Le couteau, c'était sérieux ?

— Je lui ai planté dans la cuisse, il n'a pas pu courir après moi !

— Ça saignait beaucoup ?

— Qu'est-ce que j'en sais, je ne me suis pas retourné pour regarder.

— Si tu as touché l'artère fémorale, il est probablement mort à l'heure qu'il est !

— Bien fait pour lui !

Je commençais un peu à cogiter. Je n'avais aucune idée de qui était son nouveau souteneur, mais s'il appartenait à un réseau de crime organisé, il fallait s'attendre à ce qu'il cherche à mettre la main sur elle au plus vite, pour venger l'affront et faire un exemple. Dans l'immédiat, il y avait peu de chance qu'ils nous poursuivent dans la Sierra Nevada, mais il faudrait se montrer prudents à San Francisco.

Nous avions dépassé Benton et nous approchions de l'entrée du Parc de Yosemite. Je n'appréhendais pas particulièrement le contrôle d'entrée, car les rangers ne sont pas des policiers, mais je préférai préparer un petit scénario avec Emily, juste au cas où il leur viendrait l'idée de nous poser des questions. Le parc venait juste d'ouvrir après l'hiver et il n'y avait encore que peu de touristes. Nous étions un couple allant rejoindre de la famille à San Francisco, et nous avions décidé de passer par le parc et admirer les paysages grandioses qu'Emily ne connaissait pas. C'était presque la vérité.

Le ranger nous demanda si nous avions l'intention de séjourner dans le parc, car il n'y avait encore que peu d'hébergements disponibles. Il nous recommanda de prendre garde aux ours, qui sortaient juste d'hibernation et étaient attirés irrésistiblement par l'odeur de la nourriture. Nous l'avons chaleureusement remercié pour ses conseils avisés et nous avons accepté ses prospectus touristiques avant qu'il n'appose le ticket de règlement sur le pare-brise. Je repris la route à vitesse raisonnable en direction du Lac Mono, puis comme la route commençait à s'élever, je fis un arrêt pour fermer la capote de la Mustang. Je voyageais avec des vêtements chauds dans mon sac de voyage, mais Emily n'avait rien pour se réchauffer. Je lui tendis un de mes sweaters.

— On va monter à plus de trois mille mètres, il y a encore de la neige là-haut.

— Tu crois qu'on va voir des ours ?

— Si on monte la tente dans la forêt, oui. Tu vas les attirer, tu as entendu le garde, ils ont faim !

— Tu n'est pas drôle. Ça me fait peur.

— Je n'ai pas l'intention de traîner dans le parc. On sera de l'autre côté avant la nuit.

Je verrouillai le toit de la voiture avant d'entreprendre l'ascension du col de Tioga.

La Navy m'a fait pas mal voyager, mais c'est en Californie que j'ai trouvé les paysages les plus grandioses. Emily ne pensait plus à ses problèmes et ne cessait de s'émerveiller à la vue des montagnes enneigées, des lacs aux eaux bleues et des forêts sans fin. Soucieux de l'horaire, et de la température extérieure, je préférai ne pas m'arrêter avant d'être redescendu dans la vallée, côté ouest. Il était plus de dix-sept heures quand nous avons atteint la sortie du parc et il nous restait encore près de quatre heures de route pour San Francisco. Je décidai de faire une halte dans un motel à proximité de Moccassin. Je ne voulais pas attendre la nuit pour rechercher une chambre et je commençais à en avoir marre de conduire après les innombrables virages dans la montagne.

Je pris une chambre confortable, en laissant Emily dans la voiture. Je nous présentai comme un couple de touristes en voyage d'amoureux. Le réceptionniste ne posa pas de question et accepta mon paiement cash pour une nuit. Il nous indiqua une pizzeria, seul établissement ouvert dans la région, où l'on pouvait trouver des plats à emporter. La chambre était spacieuse et très propre, avec deux grands lits et une kitchenette. Emily me dit qu'elle avait l'intention de prendre une douche et commença à se déshabiller. Je me précipitai pour fermer les rideaux. Il y avait pas mal de voitures sur le parking et je ne tenais pas attirer l'attention sur nous par un numéro de strip-tease improvisé.

Laissant Emily à ses ablutions, je sortis mon ordinateur de mon sac de voyage. Je ne m'en sépare jamais, c'est mon cordon ombilical avec ma vie sociale. Je préférai ignorer le réseau de l'hôtel et me connectai au travers de mon mobile et d'une série de pare-feu. Je commençai par m'assurer du règlement de ma prestation récente à Vegas. Je n'avais pas trop de craintes, et je fus agréablement surpris du niveau de la commission. J'avais vraiment assuré. Je visitai ensuite divers sites d'infos du Nevada, à la recherche d'un article relatif à l'incident ayant impliqué Emily sans rien trouver. J'envisageai un instant de me connecter au site du LVPD **, j'avais suffisamment d'outils pour y parvenir sans difficulté, mais je considérai que l'enjeu ne valait pas le risque. N'ayant pas de courrier urgent, j'éteignis mon portable et le rangeai dans mon sac. J'entendais toujours l'eau couler dans la salle de bains. J'entrouvris la porte pour prévenir Emily que je sortais pour chercher des pizza.

— Regina pour moi, sans champignons, s'il te plait.

Vingt minutes plus tard, j'étais de retour dans la chambre. Comme j'entrais, j'entendis qu'elle raccrochait précipitamment le téléphone. Emily était assise sur un lit, une serviette autour des reins, les seins nus. Elle prit l'air d'une petite fille, surprise la main dans le pot de Nutella.

— Qui as-tu appelé ?

— Nina, une copine, elle m'a aidée à m'enfuir ce matin. Je voulais la rassurer.

J'eus soudain des sueurs froides dans le dos.

— Tu lui as dit où tu étais ?

— Ben oui, qu'est-ce que ça peut faire ? On n'est plus au Nevada !

— On en a rien à foutre de la police, elle ne sait même pas que tu existes, mais si ta copine bavarde, ce qui arrivera à coup sûr dans les minutes qui suivent, toutes les filles sauront que tu es en Californie, au pied de la Sierra Nevada. Et après, c'est ton mac qui le saura aussi, et ça c'est pas bon pour nous.

— Excuse-moi, je n'avais pas pensé à ça ! Tu es fâché après moi ?

— Je crois que tu n'es pas consciente de la situation. Dès demain, ils vont débarquer ici et se mettre à ta recherche, et crois-moi, des filles comme toi, dans le coin, il n'y en a pas beaucoup. Heureusement, le réceptionniste n'a pas vu ton visage. J'espère que tu n'as pas parlé de ma voiture !

— J'ai dit que c'était une décapotable.

— Bravo, ça limite le choix. Bon, on mange les pizzas, on boit deux bières et au lit. Au lever du jour, on fout le camp.

— Je pourrai dormir avec toi ? je serai gentille, pour me faire pardonner.

* 7-Eleven : chaîne de supérettes ouvertes de 7h du matin à 11h du soir.

** LVPD : Las Vegas Police Department

Première alerte

La nuit s'était écoulée sans incident. Comme vous devez l'imaginer, avec mon métier, je ne suis pas habitué à me coucher tôt. Malgré les heures de conduite, je n'avais pas du tout sommeil quand je me suis glissé sous les draps. Emily est d'abord venue se lover contre moi. Je lui avait prêté un T-shirt qui lui couvrait les fesses quand elle était debout, mais une fois au lit, c'était une barrière toute symbolique. Je sentais ses seins contre ma poitrine et sa main n'a pas tardé à venir juger de l'effet obtenu. Pas besoin de vous faire un dessin, avec une fille comme ça à mes côtés, le résultat était garanti. Elle m'a donné un bon échantillon de ses talents. J'avais beau savoir que j'avais affaire à une professionnelle, je dois admettre qu'elle a réussi à me surprendre. Quant elle a fini par s'endormir, je me suis relevé en douceur pour penser un peu à la suite des événements. Je n'avais pas de plan préconçu et personne ne m'attendait à San Francisco. J'avais juste envie de changer un peu de paysage et d'ambiance pendant quelques jours avant le prochain engagement. La seule chose que j'avais inscrite à mon programme, c'était d'aller faire un tour dans la Napa Valley pour visiter quelques vignobles.

Emily ne faisait pas partie du schéma général, mais je ne voyais pas bien comment j'allais pouvoir lui expliquer gentiment qu'il fallait qu'elle reprenne sa route seule. Je décidai de remettre cet aspect à plus tard. Je remis mon ordi en route, autant pour m'occuper que par réelle nécessité. Je passai un moment à chatter avec Boris, qui est un peu mon agent. Il se charge de me trouver des contrats à la hauteur de mon talent et me débarrasse ainsi de la corvée de rechercher et négocier les engagements. Boris vit à Las Vegas, qui est l'épicentre de mon activité, même si je refuse catégoriquement de m'y installer à demeure. J'ai gagné assez d'argent pour m'offrir une petite maison à Venice Beach, pas sur la plage quand même, mais assez proche de la mer pour que je puisse mettre ma planche à l'eau quand j'ai un moment de calme. Je travaille souvent pour les grands casinos, mais il m'arrive aussi de participer à des soirées vraiment privées, à Beverly Hills ou à Malibu. Je finis par dormir vers une heure du matin, après avoir calé mon réveil sur cinq heures.

Le soleil n'était pas encore levé, mais l'aurore diffusait un début de jour, quand la sonnerie me tira du sommeil. Je laissai Emily dormir encore quelques minutes et passai sous la douche avant de lancer la machine à café. Je piochai un sandwich acheté la veille et le dévorai en trois bouchées. Ceci fait, je retournai réveiller ma passagère. Elle se recroquevilla et tira le drap sur son visage. J'arrachai la literie en la priant de se lever en vitesse. En grognant, elle se dirigea vers la salle de bain au radar. Elle en ressortit quelques minutes plus tard, complètement nue.

— Je n'ai rien de propre !

Je piquai une des culottes dans le sac en papier.

— Mets déjà ça !

Son chemisier de la veille avait triste allure. Je lui tendis un autre de mes T-shirts. Heureusement que je mesure 1,78m. Pour le bas, il faudrait qu'elle fasse avec le même jean.

— On t'achètera d'autres vêtements quand on arrivera.

— Ça veut dire que je viens avec toi ?

— Bien sûr, tu ne penses pas que je vais te laisser là, à attendre que tes copains viennent te chercher.

— C'est déjà arrivé !

— Pas avec moi. Habille-toi en vitesse qu'on fiche le camp. Tu veux un café ? Il n'y a que ça de toute façon.

— Oui, pas trop fort, avec du lait, s'il te plait.

Ses seins libres sous mon T-shirt trop grand lui donnaient un look un peu trop voyant. Je me promis de lui trouver une tenue plus discrète dès que possible. Il était un peu plus de six heures quand j'ouvris la porte pour ranger nos maigres bagages dans le coffre de ma voiture. Comme je revenais vers la chambre, je repérai un SUV Cadillac Escalade noir, aux vitres surteintées qui parcourait le parking à faible vitesse. J'attendis qu'il ait tourné au coin du bâtiment et je fourrai Emily d'autorité dans la voiture avant de démarrer aussi doucement que possible.

— Qu'est-ce qui se passe ? Pourquoi on part aussi vite ?

— L'instinct du soldat, ça ne s'explique pas. Est-ce que tes amis de Vegas ont un SUV Cadillac noir ?

— J'en sais rien, je ne connais pas les marques de voiture.

— Une grosse voiture noire, aux vitres teintées ?

— Peut-être oui, Mario en a une de ce genre.

— Qui c'est ce Mario ?

— C'est le second de Pablo, l'homme a qui on m'a donnée.

— Ta copine Nina n'a pas su tenir sa langue. Ils ont du rouler toute la nuit.

Je m'assurai que je n'étais pas suivi avant de prendre la route en direction du Nevada.

— Pourquoi tu repars vers la montagne ? On ne va plus à San Francisco ?

— Si, mais au cas où ils auraient repéré ma voiture, je préfère qu'ils croient que l'on retourne vers le parc.

Juste à la sortie de la ville, je tournai à droite deux fois, pour revenir sur une rue parallèle à l'axe principal, avant de reprendre la route vers l'ouest. J'avais prévu d'aller jusqu'à Modesto, à une heure de route. Cette ville a un aéroport et quelques agences de location de voitures. Mon idée était de laisser ma Mustang sur le parking et de repartir avec une voiture de location anonyme. Le moment venu, je trouverais bien un moyen de la récupérer. Nous sommes repartis au volant d'une Toyota Camry grise, beaucoup plus discrète que mon cabriolet. J'ai trouvé un établissement ouvert pour prendre un vrai petit-déjeuner, en attendant l'ouverture des commerces. J'ai commandé des œufs et du bacon, Emily a pris des pancakes et du sirop d'érable. À neuf heures, nous étions les premiers clients d'un magasin de vêtements où j'achetai de quoi habiller Emily pour deux jours. Quand elle a vu ce que j'avais choisi pour elle, elle a commencé à râler, mais je voulais absolument qu'elle passe pour une nana ordinaire, pas une fille sur laquelle les hommes se retournent. Après être passé à la caisse, je la poussai dans une cabine pour qu'elle se change. Je lui demandai sa pointure pour ajouter une paire de sneakers bon marché.

On est remontés en voiture. La Camry n'était pas équipée pour recevoir les stations satellite. Je couplai mon mobile en Bluetooth et lançai ma playlist en mode aléatoire. Les premières notes d'Angus Young se firent entendre et je reconnus l'intro de « Highway to Hell ». Je jetai un regard dans le rétro. Un gros SUV noir se rapprochait rapidement.

Changement de programme

Avaient-ils pu remarquer le changement de véhicule ? J'avais des doutes, je n'avais vu personne sur le parking de l'aéroport, ni à proximité de magasin de fringues. Comment avaient-ils pu nous tracer aussi rapidement ? Je ne voyais qu'une explication.

— Tu as un portable ? demandais-je à Emily.

— Oui, mais je n'ai plus de forfait, c'est pour ça que j'ai utilisé le téléphone de la chambre hier.

J'aurais du m'en douter. Une nana de son âge ne peut pas se séparer de son mobile, de Facebook, Snapchat et toutes ces merdes.

— Donne le moi !

— Pourquoi ?

— La fonction de localisation doit être activée.

Elle se trémoussa sur le siège pour sortir un vieil iPhone de la poche arrière de son jean et elle me le tendit. J'hésitai un moment à le balancer par la portière, mais ce n'était pas assez discret. J'optais pour une autre stratégie. En roulant à faible vitesse, j'ai parcouru quelques centaines de mètres avant de m'arrêter dans un endroit calme, à proximité du bureau de poste. Je misais sur le fait qu'ils ne tenteraient rien dans un endroit rempli de passants, en plein jour. Je me dirigeai vers l'établissement au moment où un préposé en sortait pour débuter sa tournée. Sa camionnette USPS * était garée devant la porte. Le facteur portait une grosse caisse en plastique, pleine de courrier. Sans qu'il le remarque, je glissai le téléphone dans la caisse. La ficelle était un peu grosse, et n'abuserait pas longtemps nos suiveurs, mais ça nous donnerait peut-être le temps de disparaître. J'attendis un petit moment, le temps que le van blanc s'éloigne. Quelques secondes plus tard, le SUV s'engageait dans la rue à sa suite. Je ne savais pas s'ils avaient identifié la Camry, mais je ne voulais pas courir de risque. Je repris le chemin de l'aéroport.

— Qu'est-ce que tu as fait de mon téléphone ?

— Je les ai envoyés sur une fausse piste.

— Comment je vais faire maintenant ?

— Tu n'en as pas besoin en ce moment, et de toute façon, tu n'avais plus de crédit !

— Où on va ?

— On retourne chercher la Mustang. Tu as dit à Nina où tu avais prévu d'aller ?

— Je lui ai parlé de San Francisco.

— Alors changement de programme, on repart vers le sud, direction Fresno.

— Tu ne veux plus aller à San Francisco ?

— Si ceux qui nous suivent ont des amis là-bas, je n'ai pas envie de leur faciliter la tâche. Je préfère jouer sur mon terrain, à LA **.

Je n'ai rien contre les caisses japonaises en général, mais j'étais bien content de retrouver la Mustang. L'employé de chez Hertz avait été surpris de me voir revenir aussi vite, avec seulement quinze kilomètres au compteur, mais j'ai payé le forfait pour une journée et il n'a pas cherché à en savoir plus.

Sirius diffusait « La Grange » de ZZ Top au moment où nous avons quitté la ville sur la route 99.

Il n'était pas encore midi quand nous sommes arrivés à Fresno. Je n'avais pas vraiment d'idée préconçue sur la route à suivre. Je savais la route via Visalia et Bakersfield plutôt déprimante, entre orangeraies à l'infini et champs de pétrole. Je décidai de rejoindre la côte par San Luis Obispo. Privé de Napa Valley, j'envisageais de compenser par un passage par les vignobles de Solvang. Je m'étais arrêté à plusieurs reprises depuis Modesto pour m'assurer que nous n'étions pas suivis. Je me sentais donc en confiance. Emily commençait à s'agiter sur le siège à côté de moi.

— J'en ai assez de toute cette route. Je m'ennuie, je n'ai même plus mon iPhone.

Je vous l'avais dit qu'elle était accro aux réseaux sociaux. Hier, elle était trop stressée pour y penser, mais aujourd'hui, elle avait oublié le danger.

— Je t'en trouverai un autre quand nous serons à Los Angeles.

— Tu ne veux pas t'arrêter dans un coin discret, j'ai envie d'un câlin.

Il ne manquait plus que ça ! Hier, dans le désert, ça pouvait encore passer, mais de ce côté de la Sierra Nevada, ce n'était plus le même topo.

— Ecoute, tu es mignonne, mais il va falloir penser à autre chose qu'au sexe.

— Tu ne m'aimes plus ?

— Ce n'est pas la question, je te rappelle que tes amis nous, ou plutôt te, recherchent et ça c'est ce qui occupe l'essentiel de mes pensées.

— Tu ne vas les laisser me reprendre, hein ?

— Non, je t'ai déjà dit que ce n'était pas mon genre, mais j'aimerais mieux ne pas avoir à les affronter en face.

— Tu as peur d'eux ?

— Non, je suis quand même un ancien commando, alors ce n'est pas deux sicaires qui vont me faire trembler, mais j'aimerais mieux éviter d'en arriver là.

— Tu dormiras encore avec moi ce soir, alors ?

— Je ne sais pas encore où on va dormir ce soir.

La radio se mit à jouer « Still Loving You ». Emily posa la main sur mon sexe, et commença à le masser au travers de mon pantalon.

* USPS : service postal des Etats-Unis

** LA : Los Angeles

Le Pacifique

Après un arrêt pour un déjeuner rapide, nous sommes arrivés à San Luis Obispo au début de l'après-midi. J'hésitais encore sur la conduite à tenir. J'avais besoin de prendre quelques dispositions avant de rentrer chez moi. Je ne voulais pas avoir Emily sur les bras pour ça, mais je ne pouvais pas non plus la laisser livrée à elle-même. Carpinteria étant sur le chemin, je décidai de faire une pause chez ma mère et d'y laisser la jeune femme, le temps de mettre au point quelques éléments de sécurité. Comme toutes les unités d'élite, les Seals constituent une forme de fraternité qui se perpétue bien au-delà de la vie militaire. J'avais besoin d'assurer mes arrières et aussi d'un peu de matériel. Je passai un coup de téléphone à ma mère pour m'assurer qu'elle était bien chez elle avant de lui confier Emily, puis j'appelai quelques vieux copains résidant dans la région de Ventura. Il était dix-sept heures quand j'arrêtai la Mustang à l'arrière de la petite maison au bord de la mer.

Je trouvai maman sur la terrasse donnant sur la plage, face au Pacifique. Elle prenait le thé avec deux amies de sa génération, restées fidèles à leur look des années Flower Power. Bien que sexagénaires, elles n'en étaient pas moins encore très séduisantes. Je leur présentai Emily, sans entrer dans les détails, en précisant que j'avais quelques affaires à régler, et que je rentrerais en début de soirée.

— On a prévu un barbecue sur la plage, vous dinerez avec nous ? demanda ma mère. Vous pourrez dormir dans ta chambre, ajouta-t-elle avec un clin d'œil, il y a toujours un grand lit.

— C'est super, s'empressa de répondre Emily, j'en ai toujours eu envie, mais je n'ai jamais mis les pieds dans le Pacifique. Je suis une fille du Tennessee.

— Dans ce cas, je crois que nous allons accepter ton invitation, ajoutai-je.

— Tu pourrais me trouver un iPhone, pour remplacer le mien ? demanda Emily.

— Je vais voir ce que je peux trouver, répondis-je sans enthousiasme.

— S'il te plait, je n'ai pas de nouvelles de mes amies depuis deux jours.

Je m'éclipsai sans aller plus loin dans la discussion. Je commençai par un arrêt dans une boutique de matériel d'occasion, où je trouvai un iPhone 6 à un prix raisonnable et un forfait sans engagement anonyme pour Emily, ainsi qu'un téléphone jetable pour moi. Je réglai en cash avant de rejoindre Mark Lawson dans un café sur la marina. Mark a été mon instructeur aux Seals et nous sommes restés très liés. Il est toujours en contact avec la Navy, comme consultant civil. Après la première bière et le tour d'horizon de nos amis communs, je lui demandai de me procurer une arme intraçable. Je pensais avoir semé nos poursuivants à Modesto, mais je ne voulais pas prendre le risque de me trouver dépourvu en cas de nouvelle rencontre. Comme beaucoup d'anciens militaires, Mark avait conservé quelques pièces d'équipement abandonnées sur le terrain.

— Je peux t'avoir un Beretta M9 avec quelques chargeurs. Je pense que tu sais t'en servir, me répondit-il.

— C'est parfait. Tu as gardé le contact avec Long John ?

— Oh, oh, tu veux vraiment faire quelque chose d'illégal ?

— Ma cible n'est pas vraiment une personne recommandable, précisai-je.

— Si c'est pour une bonne cause, alors oui, je peux le joindre. Je ne te garantis pas une réponse avant demain matin, je passe par une boîte à lettre passive. Je n'ai aucune idée de l'endroit où il se trouve. C'est lui qui t'appellera. Je lui donnai le numéro du téléphone jetable.

Long John Cooper est la personne qui m'a appris tout ce que sais en matière de cybersécurité avant de basculer du côté obscur. Après vingt ans de service dans les renseignements de la Navy, il assure maintenant des prestations très spéciales et totalement illicites, à condition de ne pas s'attaquer aux institutions officielles.

— C'est parfait, tu peux m'apporter le flingue chez ma mère à Carpinteria ? J'y passerai la nuit. Elle fait un barbecue sur la plage, tu peux venir boire une bière si tu veux.

— Avec plaisir, Madame Flynton est une personne que j'apprécie beaucoup. Le genre de mère que j'aurais aimé avoir.

— Passe vers vingt heures si tu peux, ou même un peu plus tard, on ne se couche jamais de bonne heure chez elle.

Vingt minutes plus tard, j'étais de retour. Je retrouvai les quatre femmes sur le sable, un verre à la main. Un homme que je ne connaissais pas les avait rejointes et s'occupait à mettre en route le barbecue. Emily était en maillot de bain et avait les cheveux mouillés.

— Ta maman est vraiment super. Elle m'a prêté un maillot et on s'est baignées toutes ensemble. Comme il n'y avait personne sur la plage, on a enlevé le haut, c'était génial. J'aurais adoré vivre à l'époque Hippie.

— Il n'y avait pas de portables, pas de Facebook ni de Snapchat à cette époque fis-je en lui tendant le portable que j'avais acheté pour elle. Je l'ai un peu chargé dans la voiture. Attention, le forfait est limité !

— Tu es un trésor !

Emily me sauta au cou avant de plaquer ses lèvres sur les miennes.

— Tu as fumé ? lui demandais-je.

— Mary a apporté de l'herbe, répondit-elle en me désignant l'une des amies de maman. Tu en veux ?

— Non, merci, pas pour le moment. Au fait, dis-je en m'adressant à ma mère, j'ai invité mon ami Mark à passer tout à l'heure, ça ne te dérange pas j'espère ?

— Non, bien sûr, tu sais que ma maison est toujours ouverte. J'apprécie beaucoup Mark, c'est un garçon plein de ressources qui m'a déjà rendu quelques services.

— Si tu veux bien m'excuser, je vais aller prendre une douche et me changer. Je vous retrouve dans quelques minutes.

En traversant le salon, je remarquai l'écran de l'ordinateur dans le coin bureau, une page Facebook était encore affichée. Je regardai le titre : « Emmy Harris ». Le dernier article présentait une photo d'Emily en maillot de bain, avec la maison en arrière-plan, en sous-titre, « mon premier bain dans le Pacifique ».

Je lançai ma playlist sur mon mobile. Les premières notes de « Hotel California » se firent entendre. Je montai dans ma chambre de jeunesse, posai mon sac avant de m'étendre sur le lit en attendant la fin du morceau. Je ne savais pas encore que la journée du lendemain serait longue, mais je me sentais plus serein en sachant Mark proche de moi. Je redescendis vingt minutes plus tard, vêtu d'un vieux pantalon de toile et d'une chemise hawaïenne, les pieds nus.

— Tu sais que j'ai encore tes vieilles planches dans le garage me dit ma mère ?

— Je crains de ne pas avoir beaucoup de temps pour surfer dans les prochains jours, mais j'ai bien l'intention de profiter de cette soirée.

— Il y a des bières dans la glacière.

La nuit commençait à tomber. Emily dansait toute seule sur le sable, les seins nus, sur la musique sortant de l'iPhone. Elle avait l'air complètement stone. Mary la regardait avec bienveillance.

— C'est vrai que mon herbe est un peu forte, mais j'étais comme ça à son âge, me confia-t-elle.

Coup de semonce

Il avait fallu que Mark m'aide à ramener Emily dans ma chambre. Nous l'avions mise au lit sans prendre la peine de la déshabiller avant de redescendre boire quelques bières sur la plage. Mark m'avait confié le Beretta avec quatre chargeurs pleins et une boîte de cartouches. Je pris le temps de lui expliquer la situation. Je ne m'attendais pas à ce que le mac de Vegas abandonne la traque aussi rapidement et je voulais être prêt à nous défendre, voire contre-attaquer. Je n'envisageais pas une approche directe genre guerre des gangs, mais plutôt une cyber-riposte en frappant sur le seul point universellement sensible, les finances. C'est pour cela que j'avais besoin de Long John. Mark me confirma que ce dernier allait me contacter dès le lendemain matin.

La nuit était bien avancée quand Mark me quitta en m'assurant de son soutien immédiat à la moindre alerte. Rassuré par la présence d'un allié de confiance et la puissance de feu du Beretta, je décidai de m'offrir quelques heures de sommeil sur le canapé du rez-de-chaussée. Mon sommeil fût de courte durée. Aux premières lueurs du jour, j'ai entendu un bruit de verre brisé venant de l'extérieur, du côté des voitures. Le temps que je me lève et que j'enfile un caleçon, je n'ai pu que voir un SUV noir s'éloigner dans un nuage de poussière. Ma Mustang avait piètre allure avec les vitres latérales explosées, le pare-brise fissuré et la capote lacérée. Sous un essuie-glace, un mot avait été glissé.

« Tu as quelque chose qui appartient à Pablo. Ceci est le dernier avertissement ».

Une fois encore, il ne leur avait pas fallu longtemps pour retrouver notre piste. Il n'y avait rien à faire pour le moment pour la voiture. J'appellerais un dépanneur un peu plus tard. Je rentrai à l'intérieur en me demandant comment ils nous avaient retrouvés cette fois. En passant devant l'ordinateur dans le coin bureau, je compris. J'appuyai sur une touche, l'écran s'alluma en revenant sur la même page Facebook que la veille. Celle qui présentait la photo de la maison sur le profil d'Emily. Pas besoin d'être un hacker de génie pour décoder les EXIF * et retrouver les données de géolocalisation.

Cette endroit n'était plus un refuge sûr. Plus sérieusement, puisqu'ils avaient trouvé l'adresse, ils n'auraient pas non plus de mal à trouver mon identité. Il était temps de passer à l'action. J'avais quelques heures devant moi, ils n'allaient pas revenir avant un moment. Ma première préoccupation était de mettre ma mère à l'abri. Elle ne manquait pas d'amis qui pourraient l'héberger pour les jours à venir. Le plus difficile serait de la convaincre de la criticité de la situation, sans l'affoler plus que de raison. Ensuite, il me fallait un nouveau véhicule. Le plus simple à cette heure était d'aller à l'aéroport de Santa Barbara. Je décidai de laisser la maison dormir et appelai un taxi. Une heure plus tard, j'étais de retour au volant d'une Ford Explorer.

Je retrouvai maman en train de préparer le petit-déjeuner, ne se doutant pas de ce qui venait de se passer à quelques mètres de sa chambre. Emily n'était pas encore levée, nul doute qu'elle aurait le réveil difficile. J'en profitai pour mettre ma mère au courant des dernier événements. Elle n'ignorait pas que j'avais eu une vie aventureuse, même si les cartes sont tout de même moins dangereuses que les opérations spéciales. Je ne lui avais jamais dit que je m'étais engagé dans les troupes d'élites, elle m'avait toujours cru analyste dans le renseignement, mais je ne lui avais pas caché mes séjours sur le terrain. Elle prit conscience de la situation et réagit avec sang-froid.

— Il n'y a pas de problème pour moi. Je vais aller passer un moment chez Mary à Santa Barbara. Que vas-tu faire d'Emily ?

— J'ai besoin d'elle pour remonter jusqu'à ce Pablo. Et puis, je ne la crois pas capable de rester discrète, tu ne serais pas en sécurité si elle restait dans ton entourage. Elle vient avec moi.

— Tu as raison, c'est une gentille fille, mais elle a la cervelle d'un moineau. Où irez-vous ?

— Je ne sais pas encore. Je ne veux pas aller chez moi, car c'est probablement le premier endroit qu'ils vont surveiller. Je vais en parler avec Mark tout à l'heure. Je vais sortir et t'acheter un téléphone jetable, tu ne l'utiliseras que pour parler avec moi.

À huit heures trente, j'appelai un dépanneur pour faire remorquer la Mustang vers un garage, puis j'allai réveiller Emily. Elle n'avait pas bougé depuis que nous l'avions mise au lit. J'ouvris les rideaux à moitié, la lumière était déjà forte.

— Qu'est-ce que je fais là, toute habillée ? demanda-t-elle d'une voix mal assurée. J'ai mal à la tête.

— On t'a portée dans la chambre hier avec Mark. Tu étais bien partie. Tiens, prends ça.

Je lui tendis un verre d'eau et deux comprimés d'ibuprofène.

— Va prendre une douche ! Je vais t'apporter quelques vêtements du vestiaire de maman.

Une demi-heure et deux cafés plus tard, Emily avait un peu meilleure mine. Je lui expliquai avec des mots simples qu'elle s'était montrée imprudente en publiant la photo sur Facebook et lui montrai ma voiture qu'on s'apprêtait à enlever.

— Nous ne pouvons pas rester ici.

— C'est de ma faute, j'ai encore été idiote. Tu dois m'en vouloir, je te comprends. Ta maman a été si gentille avec moi, et ses amies aussi, je suis désolée de leur créer des ennuis.

— Ce qui est fait est fait. Donne-moi le téléphone que je t'ai acheté hier.

— Tu veux le reprendre ?

— Non, mais je veux modifier quelques paramètres pour limiter les risques.

Après quelques manipulations, je lui rendis le mobile.

— Maintenant, plus de Facebook ou d'Instagram. On peut nous suivre à la trace avec ces applis. Tu ne donnes le numéro à personne. J'ai désactivé le GPS.

— Où allons-nous maintenant ?

— J'attends un appel de Mark et nous aviserons.

En attendant, je sortis faire quelques emplettes, dont une paire de téléphone jetables. J'en donnai un à maman.

— J'ai mémorisé mon numéro. Tu ne l'utilises que pour m'appeler. J'ai le même, que je n'utiliserai que pour t'appeler. Inutile de donner des détails à Mary, explique-lui que tu as un problème de plomberie à la maison ou quelque chose comme ça.

— Mary ne posera pas de question. Elle sera très heureuse que je passe plus de temps avec elle, ajouta-t-elle avec un clin d'œil.

Je ne cherchai pas à en savoir plus.

— Vas-y doucement sur l'herbe, elle est forte ! Regarde cette pauvre Emily.

— Mon garçon, je fumais de la marijuana avant ta naissance. Ce n'est pas toi qui va m'apprendre les effets que ça peut avoir.

Mon second jetable vibra dans ma poche. C'était Mark. Il me proposait un rendez-vous sur le parking de la plage de Ventura à dix heures. Je regardai ma montre. Il me restait un quart d'heure pour charger la voiture de nos maigres bagages et dire au revoir à ma mère.

En démarrant, je mis la radio en route. L'habitacle se remplit de la chanson de Nancy Sinatra « Those boots are made for walkin' ».

* EXIF : Informations stockées en même temps que l'image sur une photo numérique

Résidence sécurisée

Mark attendait au bout du parking dans un gros truck GMC Sierra. Le véhicule n'avait rien d'incongru au bord de la plage où de nombreux véhicules similaires étaient stationnés. Il me remit les clés d'un bungalow sur les hauteurs de Glendale.

— Personne ne connait cette adresse, à part quelques amis sûrs qui ont eu besoin d'y être hébergés quelques temps. Il n'y a pas de connexion internet ni de téléphone fixe, mais tu n'en auras besoin. Je t'ai apporté un téléphone satellite Iridium, sans GPS. Tu ne l'actives qu'en cas de besoin, tu resteras quasi-intraçable, sauf peut-être par la NSA *, mais je ne crois pas que ce soit ton problème. Si tu veux le connecter à ton ordi, pense à acheter quelques cartes SIM d'avance. Le frigo et le congélo sont pleins, il y a des bières, du vin et quelques boissons plus fortes. Long John te rejoindra là-bas vers midi. Tu as juste le temps d'y aller.

— Je ne te remercierai jamais assez.

— Ne t'en fait pas, tu me revaudras ça un jour ou l'autre. En attendant, surveille bien ta blonde, elle sème des petits cailloux tout le long de son chemin !

— Je sais, c'est mon côté boy scout.

— Allez, vas-y, n'hésites pas à m'appeler si tu as besoin de quoi que ce soit. Je peux être là-haut en une heure.

Le bungalow était en fait une coquette construction à flanc de colline, avec une grande terrasse sur pilotis, offrant une vue impressionnante sur Los Angeles Downtown. Il y avait un grand séjour donnant sur la vallée, avec un coin cuisine et deux chambres. Un grand garage fermé du côté colline me permit de remiser la Ford à l'abri des regards. Un système de surveillance périmétrique comportant plusieurs cameras permettait de contrôler les alentours, y compris la voie d'accès en cul de sac. Je demandai à Emily de rester dans une chambre, le temps que je m'entretienne avec Long John. Ce dernier arriva à l'heure dite, à pied.

— J'ai laissé ma voiture deux virages plus bas, précisa-t-il en arrivant.

— Heureux de te revoir ! répondis-je. Ça fait un moment qu'on ne s'est pas croisés.

— Je suis généralement assez discret. Mark m'a dit que tu avais besoin de mes compétences, mais il ne m'a pas donné de détails.

— En effet, je ne lui ai rien dit ! À vrai dire, je n'ai pas encore de stratégie établie. Tout juste une idée générale.

Je lui expliquai comment j'avais fait connaissance avec Emily deux jours plus tôt et je lui relatai la tentative d'intimidation du matin.

— Je n'ai pas l'intention de me lancer dans une guerre façon John Rambo. Je ne sais pas combien ce Pablo dispose de péons, mais je ne vais pas tous les tuer. Je voudrais l'attaquer là où ça fait le plus mal pour ces types, au portefeuille.

— Tu veux pirater ses comptes bancaires ?

— Oui, on peut le dire comme ça. C'est possible ?

— Je ne peux pas te dire ça tout de suite, il faut que je fasse quelques recherches au préalable, mais sur le principe, on doit pouvoir lui faire mal.

— Si en plus on pouvait lui coller le FBI et la DEA sur le dos, ce serait un bonus !

— Je dois pouvoir faire quelque chose de ce côté également.

Je lui donnai les éléments fournis par Emily, une adresse à Las Vegas, un mail et un numéro de mobile.

— Je t'appellerai ce soir pour te dire ce que j'ai trouvé. On envisagera les différentes options à ce moment.

— Au fait, il va de soi que je prends en charge tous les frais.

— Pas besoin, je me paierai au passage !

Après le départ de Long John, je libérai Emily.

— J'ai faim ! dit-elle, tu veux que je prépare à manger ?

— Bonne idée, Mark a dit que le frigo était rempli. Regarde ce que tu trouves.

Laissant la cuisine aux soins d'Emily, j'allai visiter le bar. Je pris une Miller avant de jeter un coup d'œil à la discothèque. Je remarquai la pochette de l'album Eye of the Tiger, clin d'œil à Stallone. Je poussai le son et les percussions remplirent la pièce. Je passai sur la terrasse. Los Angeles était baignée dans un nuage de smog. Emily me rejoignit avec une assiette remplie de sandwichs à la dinde.

— Je suis désolée, c'est tout ce que je sais préparer.

— On s'en contentera. Tu veux une bière ?

— Oui, merci.

J'allai lui chercher une canette. Le temps que je revienne, elle avait commencé à se déshabiller.

— Qu'est-ce que tu fais ?

— Je profite du soleil. Personne ne peut me voir ici. À Vegas, j'étais toujours enfermée. Je dormais le jour et je travaillais la nuit. Alors j'ai envie d'en profiter un peu. Où est le problème ?

En effet, je considérai la jeune femme, seins nus au soleil, je n'avais vraiment pas d'autre activité à lui proposer.

— Pense à te protéger au moins, le soleil est violent ici. Je n'ai pas beaucoup dormi, je vais faire une petite sieste, je pense que je vais travailler tard ce soir.

J'avalai mon sandwich et je finis la bière puis je rentrai dans la plus grande chambre. J'avais à peine fermé les yeux que je sentis une présence à mes côtés.

— Je n'ai pas de crème solaire, me susurra Emily. Alors je ne veux pas prendre de risque.

Quand elle entreprit de défaire ma ceinture, je compris que la sieste ne serait pas de tout repos.

* NSA : Agence américaine en charge de la surveillance électronique

Plan d'action

Emily était vraiment une bombe atomique au lit, insatiable. Elle me donna une nouvelle fois un aperçu de l'étendue de ses compétences. Ce n'est qu'après plus d'une heure qu'elle consentit à me laisser dormir un moment, et encore, à condition que je laisse une main sur son sein. Le soleil commençait à décliner sur l'océan quand j'émergeai du sommeil. Emily, elle, dormait encore. Je passai rapidement sous la douche avant de m'habiller d'un caleçon et d'un T-shirt. Je jetai un rapide coup d'œil au portable que je lui avais donné pour m'assurer qu'elle n'avait pas commis d'indiscrétion. Cette fois, elle avait été raisonnable. Pas d'appel sortant ni de SMS depuis que nous étions arrivés à Glendale.

Je décidai de tester le téléphone satellite et j'appelai Mark pour lui confirmer que nous étions bien installés. Je connectai ensuite mon ordinateur pour prendre connaissance de mes messages. Boris me proposait une partie avec de gros joueurs pour le week-end suivant à Las Vegas. La prime d'engagement était à la hauteur des enjeux. Cinquante mille dollars de fixe plus un bonus sur les résultats. Je répondis à Boris en lui demandant un délai de vingt-quatre heures. Dans notre profession, il est toujours préjudiciable de refuser un contrat, mais il est encore plus dommageable de l'accepter et de ne pas l'honorer. Il était dix-huit heures quand

Long John m'appela. Emily était sur la terrasse, fascinée par le spectacle des autoroutes qui serpentaient à nos pieds.

— J'ai réussi à identifier ton client. Pablo Miguel Portega, trente cinq ans, né à Tijuana, vit légalement aux USA depuis qu'il a cinq ans. Ses parents se sont établis près de Camarillo où ils ont travaillé dans les exploitations agricoles jusqu'à ce que leur fiston leur assure une retraite dorée au Mexique. Il semblerait que ses études se soient arrêtées à la fin du collège. Il a appris la vie dans les rues de Los Angeles avant d'aller se fixer à Las Vegas il y a quatre ou cinq ans. Ce n'est pas un profil très subtil. Il ne cherche pas spécialement à passer inaperçu. Il n'est entouré que de pistoleros, des gars aux méthodes musclées, mais pas très malins. J'ai trouvé assez de failles pour lire ses boîtes mails et les SMS de ses trois mobiles. Ses mots de passe pourraient être décodés par mon petit neveu de dix ans. J'ai localisé trois comptes bancaires dans des établissements aux Etats-Unis et deux au Mexique. Je ne le crois pas assez retors pour planquer son fric derrière des sociétés offshore. En tout cas, j'ai déjà virtuellement accès à cinq ou six millions de dollars. Qu'est-ce que tu veux que je fasse ?

— Tu peux faire exécuter des transferts ?

— Ça dépend s'il a activé une double identification sur un téléphone ou par mail. Si c'est par mail, je pense que je peux facilement re-router le message. Si c'est par SMS, c'est pas impossible, mais il ne faudrait pas qu'il ait le téléphone sur lui à ce moment.

— S'il était en ligne à ce moment là ?

— Avant qu'il consulte le message, j'aurais le temps de l'intercepter.

— Combien peux-tu détourner sans que ça n'alerte les banques ?

— Je peux le faire en plusieurs fois, en prenant un peu sur chaque compte. Un million de dollars.

— C'est largement plus que ce que vaut une fille.

— C'est certain. Pour ma part, je me contenterai d'une commission de 10%.

— Voilà ce qu'on va faire. Tu vas modifier le numéro du mobile utilisé par la double identification, mais auparavant, j'appellerai Pablo pour retenir son attention, le temps que tu fasses la manipulation. Comme ça, si on lui demande confirmation, tu auras le temps de prendre le contrôle et de confirmer avant d'effacer le SMS. Ensuite tu transfèreras un million sur un compte d'attente et je lui proposerai de libérer Emily en échange de la restitution de ce million.

— Neuf cents mille !

— OK, comme tu voudras.

— Tu crois qu'il lâchera l'affaire aussi facilement ?

— Sinon, je le tuerai, à moins que je me contente d'une balle dans chaque genou, si je suis de bonne humeur.

— Ça ressemble à un plan. Quand veux-tu le mettre à exécution ?

— Dès cette nuit, le plus tôt sera le mieux. Disons trois heures, je pense qu'à ce moment de la nuit, il commencera à être vulnérable, un peu camé ou bourré.

— Je te rappelle dans une heure pour te dire si c'est faisable comme ça.

Je me dis que la partie allait être serrée. Je n'avais aucun doute sur la partie technique de l'opération. Si mon ami me confirmait la faisabilité, il n'y aurait aucun problème. Je me préparais toutefois à une deuxième phase, sans aucun doute un peu plus violente. Je n'avais pas vraiment l'intention d'abattre un homme de sang froid, fût-il un immonde souteneur, mais s'il prenait l'initiative, je n'aurais aucun scrupule à me défendre et protéger Emily.

La discothèque était bien fournie, offrant des titres pour tous les goûts. Vous avez compris que les miens se portaient plus sur le rock que la country, mais je ne voulais pas d'une ambiance trop brutale. Je trouvai un album des Beach Boys et lançai « Good Vibrations ». Je me servis un verre d'un vieux scotch et sortis rejoindre Emily sur la terrasse.

— Je vais appeler Pablo ce soir pour lui proposer un deal.

— Tu vas me renvoyer à Vegas ?

— Non, non, rassure-toi. Si c'était mon intention, ce serait fait depuis longtemps. En fait, je vais lui proposer un nouvel échange.

— Echanger quoi ?

— Tu veux dire « échanger qui » ? toi en l'occurrence.

— Mais contre quoi ?

— Contre de l'argent, « what else » ?

— Tu en as tant que ça ?

— Ça ce n'est pas ton problème. En attendant, tu vas me parler de Pablo. Qui il est, comment il vit, ce qui le fait marcher.

Une demi-heure plus tard, j'avais réuni de quoi construire mon argumentaire. Long John appela peu de temps après.

— Tout est prêt. À ton signal, je permute les numéros de double identification vers un mobile que je contrôle. Tu as de quoi noter le téléphone à appeler ?

— Oui, vas-y. Et s'il ne répond pas ?

— Alors c'est encore plus simple. Il faudrait que tu le gardes en ligne deux ou trois minutes pour que j'aie le temps d'effacer mes traces.

— Je pense que je n'aurai pas de problème.

— Très bien, je te rappelle à H-15 **.

* H-15 : façon militaire de dire « 15 minutes avant l'heure convenue »

Négociation

La nuit commençait à tomber sur la ville. Sur l'autoroute 210, en contre-bas, les voitures avançant au pas formaient de longs rubans lumineux, sur lesquels se superposaient les gyrophares des véhicules d'urgences.

— Tu crois que ça va marcher ? me demanda Emily.

— J'espère bien. Je vais lui faire une proposition qu'il ne pourra pas refuser.

— Et s'il continue à me rechercher, quand il aura l'argent ?

— Ce serait une très mauvaise idée. Je peux devenir très dangereux quand on me provoque.

— Je ne peux pas m'empêcher d'avoir peur.

Emily vînt se serrer contre moi en me prenant le bras. Cette pauvre gamine se retrouvait au cœur d'une tractation financière, simple marchandise pour un trafiquant de chair humaine.

— Qu'est-ce que je deviendrai ensuite ?

Ça, c'était la question que je ne voulais pas entendre. J'avais accepté de jouer les bons samaritains, mais je n'éprouvais pas spécialement de sentiment pour elle. On avait passé quelques bons moments au lit tous les deux, mais je n'avais pas l'intention de m'attacher.

— Chaque chose en son temps, nous verrons cela le moment venu. Maintenant, c'est le temps du repas. Si tu nous servais un verre ?

— Si tu veux. Je peux te préparer un cocktail ? J'ai travaillé un peu comme barmaid.

— Non merci, plutôt un whisky, sans glace.

J'avais largement le temps de préparer le diner. Il y avait de la viande dans le frigo et un barbecue Weber à l'extérieur.

— Je vais faire griller des steaks, tu les aimes comment ?

— Plutôt saignants ! Tu veux que je prépare une salade ?

Il y avait des glaces dans le congélateur, pour conclure notre repas.

— J'aurai besoin de toi un peu plus tard, mais pour le moment, tu peux aller te reposer dans la chambre ou regarder la télé. Je viendrai te chercher vers deux heures et demie.

— Et toi, qu'est-ce que tu vas faire.

— Je vais me préparer.

Dix années dans l'armée m'avaient appris la patience. Les commandos n'agissaient pratiquement jamais dans l'urgence, mais au contraire après une longue préparation et bien souvent l'attente du moment le plus favorable pour agir. Comme un sportif avant une compétition, je me préparai à affronter Pablo Portega. Je n'agissais pas autrement avant une longue nuit à une table de jeu, face à un adversaire inconnu. À minuit, Long John m'envoya un court message :

 # La cible bouge

 # Tu peux le localiser ?

 # Un club de Vegas

 # Préviens-moi s'il se déplace à nouveau

 # Roger *

À deux heures, je n'avais pas eu de nouvelles informations, Pablo devait passer du bon temps avec ses filles dans une de ses boîtes. Pour le moment, peu m'importait où. J'espérais juste le prendre au dépourvu. Une demi-heure plus tard, j'allais chercher Emily. Elle était endormie sur le lit, la télé toujours allumée sur une chaîne de télé-réalité. Je la réveillai doucement.

— Va te rafraichir un peu, puis viens me rejoindre dans le salon.

Quelques minutes plus tard, elle était assise à côté de moi. À deux heures quarante-cinq, Long John appela mon mobile jetable.

— Je suis prêt.

— OK, nous aussi. Emily va appeler le numéro de Portega depuis l'Iridium, puis elle me le passera. Je lui exposerai les termes de l'échange. Je te donnerai le top dès qu'il sera en ligne. On reste en contact sur ce mobile.

Je m'équipai d'une oreillette Bluetooth avant de reposer le mobile sur la table. Je pris la main d'Emily. Elle était froide et tremblante.

— Tu te sens capable de le faire ? demandais-je.

— Oui, j'y arriverai.

— Tout à ce que tu as à dire, c'est que je veux lui parler et ensuite me passer le téléphone. Si ce n'est pas lui qui répond, tu dis qui tu es et tu insistes pour lui parler personnellement.

— Oui, oui, j'ai bien compris.

— Alors on y va.

Je composai le numéro sur le téléphone satellite avant de le tendre à Emily aux premières tonalités.

— Ça sonne, confirmai-je pour Long John.

Emily leva la main pour me faire signe.

— Allo, c'est Emmy. Il faut que je parle à Pablo.

Elle me fit un petit signe pour me faire comprendre qu'elle attendait.

— C'est parti, lançai-je à Long John.

— Pablo, c'est Emmy. Je suis avec quelqu'un qui voudrait te parler. Je te le passe.

— Pablo Portega. Qui me demande ? Tu es le type qui a embarqué ma gonzesse ?

— Vous pouvez m'appeler Flynt. Je me suis contenté de la prendre en auto-stop. Je ne pensais pas vous causer de tort.

— Et bien c'est raté. On t'a déjà retrouvé deux fois. Jamais deux sans trois.

— Peut-être que nous pourrions voir ça sous un autre angle, une sorte de transaction ?

— Tu me rends la fille ou je fous le feu à ta maison pour commencer, voilà la transaction.

— Soyez raisonnable, Pablo. Vous êtes un homme d'affaire. Toute chose à son prix. Je suis prêt à vous dédommager pour la perte de votre employée.

— Qu'est-ce que tu veux dire ?

— Disons que je vous propose une somme d'argent conséquente en échange de la liberté d'Emily.

— Qu'est-ce que tu lui trouves à cette fille ? Elle a de beaux nichons, mais ça te servira à quoi ? Tu veux me faire de la concurrence ?

— Vous avez vu le film Pretty Woman ? Vous savez, le riche homme d'affaire qui s'achète une prostituée. Qu'est-ce que vous avez à perdre ?

— Dis-moi combien ?

Dans l'oreillette, Long John se manifesta.

— C'est bon. J'ai terminé.

— Que diriez-vous de cinq cent mille dollars ?

— Tu te fous de ma gueule ? Cette fille ne vaut pas le centième de ça !

— Oh, et moi qui étais prêt à améliorer mon offre.

— Tu es malade ?

— Huit cent mille ? Dîtes-moi oui et on s'arrête là. Si vous êtes d'accord, mon comptable vous contactera demain pour régler les détails.

— Tu es complètement fou. Tu peux garder cette pute, mais si tu te moques de moi, ça te coûtera très cher, à toi et à elle aussi.

— Je savais qu'on pourrait s'entendre. À demain alors.

Je raccrochai sans attendre de politesse. Emily était complètement abasourdie. Je repris la ligne de John.

— Fin du premier round, est-ce que tu crois qu'il va se rendre compte du détournement rapidement ?

— Je n'en sais rien, répondit mon complice. Je ne pense pas que ce gars se connecte à sa banque tous les matins, mais s'il a un homme d'affaire qui le fait pour lui, il pourra le voir assez vite. Comme j'ai multiplié les petits montants sur des comptes différents, on a peut-être une chance.

— De toute façon, ça ne change rien. Maintenant, c'est moi qui ai l'avantage. Tu as engagé la deuxième phase ?

— Oui, j'ai tout préparé. Je suis prêt à faire feu dès que tu me donneras le signal.

— Parfait, on va dormir un peu et on se reparle demain matin à neuf heures.

Je regardai Emily, toujours immobile sur le canapé.

— Huit cent mille dollars ? Tu es sérieux ? Pablo ne vas apprécier que tu te moques de lui. Il peut être très dangereux.

— Moi aussi je peux être très dangereux. Et j'ai un gros avantage, je sais où il est. En attendant, viens, on va boire un verre.

J'apportai deux verres de whisky au salon. Emily vint se lover contre moi. Avec la télécommande, je lançai une playlist en mode aléatoire. « Sex bomb, you're my sex bomb ! » chantait Tom Jones.

* Roger : Bien compris en communication militaire

Mise en place

Emily avait fini la nuit dans mon lit. Elle avait commencé sur le canapé du salon, de petites caresses, langoureuses, avant de passer à des choses plus sérieuses. Je ne sais pas si c'était dû au stress accumulé, mais je sentais chez elle un débordement d'énergie qui ne demandait qu'à se déverser sur moi. Je ne lui avais jamais demandé à quoi elle occupait ses journées avant de fuir Las Vegas, mais je pouvais imaginer qu'elle passait du temps à des activités sportives, des séances de danse ou des choses comme ça. Depuis trois jours, elle était confinée à mes côtés et hormis le court moment à la plage, elle n'avait pas eu d'occasions de se dépenser physiquement. Le sommeil est une arme. J'avais besoin de dormir un peu avant de passer à la seconde phase de mon plan. Le réveil sonna à huit heures trente. Juste le temps de prendre une douche et de me faire un café avant de parler à Long John. Dès que je fus levé, Emily vint occuper la place que j'avais libérée, bras et jambes écartées, me laissant le loisir d'admirer son corps nu.

Long John était ponctuel. Il me confirma que les opérations financières s'étaient bien déroulées sans accroc.

— Les codes d'accès n'ont pas été modifiés, il n'y a eu aucune transaction depuis cette nuit. Pas de connexion ce matin.

— Parfait, on va en profiter et le prendre au saut du lit. Tu vas l'appeler en te présentant comme mon représentant et mettre en place le protocole de transfert des fonds. Je ne pense pas qu'il souhaitera procéder à un virement bancaire. Est-ce que tu es en mesure de te procurer le cash nécessaire ?

— Je pense pouvoir l'avoir pour demain dans la journée.

— C'est bien, ça va me laisser le temps de faire la route jusqu'à Las Vegas et de trouver un terrain favorable. Je vais demander à Mark de me trouver un peu de renfort. Je ne peux pas y aller sans soutien sur mes arrières. On va proposer un échange dans quarante-huit heures. Je préciserai les modalités demain soir et la transaction se fera le lendemain matin. Tu pourras m'apporter l'argent à Las Vegas ?

— Aucun problème, on se retrouve demain en fin de journée. Tu sais où tu seras ?

— J'ai une proposition de contrat au Bellagio. Ils mettent une suite à ma disposition pour 3 jours. Je te communiquerai le numéro.

Je raccrochai avec l'idée de me faire un autre café. En passant devant la porte de la chambre entrouverte, j'entendis la voix d'Emily. Je n'ai pas pu entendre toute la conversation, mais je captai distinctement les mots colline et Glendale. Cette fille n'avait décidément pas de jugeote. Elle se croyait déjà libre, pourquoi pas chanter La Reine des Neiges pendant qu'elle y était. Je poussai la porte.

— Je dois te laisser, dit-elle à sa correspondante.

— Qui est-ce que tu appelais ?

— Nina, je voulais lui dire que tout était réglé.

— Tu lui as dit où tu étais ? J'ai bien entendu Glendale ?

— Ben oui, fallait pas ?

— Tu as déjà oublié que la dernière fois que tu lui as téléphoné, les hommes de Pablo ont rappliqué vite fait ?

— Mais tu m'as dit hier que c'était arrangé !

— Ce n'est pas parce que j'ai parlé à Pablo que tout est arrangé, il ne sera pas du genre à tirer un trait sur tout ça aussi facilement. Il me faut encore du temps pour régler le problème définitivement, en attendant je n'ai pas besoin que tu me compliques la tâche.

— Excuse-moi mon chou, tu dois me trouver idiote, je n'avais pas imaginé les choses comme ça.

Je me gardai de lui confirmer ce que je pensais.

— De toute façon, on va bouger rapidement.

— On va où ?

— Excuse-moi, mais pour notre sécurité, je préfère ne pas te le dire maintenant.

— Ce n'est pas gentil. Tu n'as pas confiance en moi.

— C'est ça ! Considère-moi comme ton garde du corps pour le moment.

— Cool, comme dans le film Body Guard ? Toi, tu es Kevin Costner et moi Whitney Houston !

Emily se mit à fredonner « I will always love you ».

— Oui, si tu veux, mais pour le moment, tu fais ce que je te dis et tu cesses de raconter ta vie au téléphone, sur Facebook ou ailleurs.

— C'est compris, mon chou. Je ne le referai plus.

— Tu me l'as déjà dit, allez va ranger tes affaires, j'ai encore un coup de fil à passer et on s'en va.

Dès qu'elle eut franchi la porte de la chambre, j'appelai Boris pour lui demander de confirmer mon accord au Bellagio, et faire réserver une chambre pour le soir même. Puis je contactai Mark. Il me demanda comment se déroulait l'opération. Je lui donnai les grandes lignes, sans entrer dans les détails. Quand je lui ai demandé des renforts, il m'a suggéré deux noms d'anciens militaires reconvertis dans la sécurité privée à Las Vegas.

— Si tu es d'accord, je les contacte de ta part, ils peuvent te retrouver à Vegas ce soir. Ces gars là sont fiables et ils ne poseront pas de question. En plus, ils ont de l'équipement !

— OK, demande leur de me consacrer les trois prochains jours. Je paierai le prix qu'il faut. Qu'est-ce que je dois faire des clés du bungalow ?

— Laisse-les dans la boîte aux lettres, quelqu'un passera dans la journée.

— OK, tu enverras la note à Long John.

— Ne te préoccupe pas de ça pour le moment.

Lorsque j'ai fermé la maison, il était presque onze heures. Le soleil commençait à taper fort. J'avais fait un prélèvement sur les réserves du bungalow, un pack de bouteilles d'eau, des bières et quelques sandwichs emballés. De quoi tenir durant les quatre heures de route jusqu'à Las Vegas. Je n'avais pas roulé beaucoup avec la Ford, le réservoir était encore à peu près plein. Je n'aurais donc pas à m'arrêter sur le chemin. Dès la limite de l'état franchie, en plein désert, les premiers casinos se dressaient, carcasses hideuses au milieu de nulle part. Un peu à l'écart, l'immense centrale électrique solaire déployait ses hectares de capteurs. Ces terres n'étaient pas faites pour les hommes, et pourtant le Nevada continuait de fasciner les individus du monde entier. J'avais moi-même parcouru cette route des dizaines de fois et c'était à chaque fois un choc. À mes côtés, Emily faisait la gueule. Le retour à Las Vegas ne l'enchantait pas.

— Tu m'as reproché de parler de Glendale, et voilà que toi tu reviens à mon point de départ. Ça aura servi à quoi tout ce cinéma ?

— Je reviens ici pour finir le travail. Ensuite, tu pourras aller où tu voudras, je te donnerai assez d'argent pour repartir sur de nouvelles bases, recommencer une nouvelle vie.

— Pourquoi est-ce que je pourrais pas rester avec toi ?

— Parce que je suis un loup solidaire, a poor lonesome cow-boy.

En prononçant ces mots, j'avais en tête « Wanted dead or alive » de Bon Jovi.

Je n'étais pas spécialement enchanté à l'idée de ramener Emily avec moi à Vegas, mais je ne voyais pas trop quelle autre solution j'aurais pu adopter. Je ne pouvais pas la laisser livrée à elle-même, sans ressources ni logement, à Los Angeles et je ne voulais pas faire courir de risque à ma mère en lui confiant cette fille. Je comptais sur l'un des soldats de Mark pour jouer le baby-sitter, quand j'aurais besoin de sortir de l'hôtel.

Arrivé à Las Vegas, je remontai le Strip * jusqu'au Bellagio et confiai les clés de la Ford au voiturier. Une enveloppe m'attendait à la réception avec les clés de la chambre ainsi que tous les éléments concernant mon engagement pour trois soirées. Nous n'avions pas beaucoup de bagages, mais il me fallut quand même céder au rituel du groom qui nous accompagna jusqu'à la suite, insistant pour nous faire visiter chaque pièce. Je finis par lui donner cinq dollars pour qu'il nous laisse tranquilles. J'utilisai l'un des téléphones anonymes pour appeler ma mère et la rassurer. Il n'y avait pas eu d'incident de son côté, elle était toujours chez son amie à Santa Barbara. Je lui suggérai d'y rester encore les deux jours à venir. Je confirmai ensuite mon installation à Boris. Celui-ci proposa de passer me voir dans la soirée, mais je déclinai. Je ne souhaitais pas qu'il se retrouve mêlé aux événements qui allaient suivre. Le coup de fil suivant fût pour Mark, qui me confirma l'arrivée des deux gros bras en début de soirée. Je lui donnai le numéro de ma chambre en suggérant qu'ils montent directement. Je ne voulais pas que l'on puisse établir un lien entre eux et moi trop facilement.

Comme le sandwich avalé sur la route était déjà loin, je proposais à Emily de passer une commande au room service. Nous avions juste terminé notre en-cas lorsque l'on frappa à la porte. Je jetai un coup d'œil par le judas avant d'ouvrir aux deux hommes. Hormis le fait qu'ils avaient à peu près le même âge, le même que moi, ils étaient aussi dissemblables que l'on puisse imaginer, du moins en apparence. Ils se présentèrent comme John et Jack. Je ne souhaitais pas en connaitre plus. John était grand et mince, les cheveux longs avec le look négligé d'un guitariste de rock. Jack était plus petit et plus trapu, dégageant une impression de force brute. Il était vêtu d'un costume de prix sur une chemise blanche. En les regardant, j'eus l'impression de voir les Blues Brothers, mais en guise de CV, ils se contentèrent de préciser qu'ils avaient tous les deux appartenu aux Bérets Verts **. Je les briefai rapidement sur la situation et leur donnai les grandes lignes de mon plan, puis je leur confiai la garde d'Emily pour me permettre d'aller m'entretenir avec le manager en charge des parties privées au casino.

— Elle peut faire ce qu'elle veut, tant que ça reste dans la chambre et qu'elle ne touche ni au téléphone ni à Internet.

— Tout ce que je veux ? demanda Emily avec un sourire candide.

* Le Strip : nom populaire de Las Vegas Boulevard, le long duquel tous les grands casinos sont installés.

** Bérets Verts : forces spéciales de l'armée de terre américaine

Repérage

Lorsque je revins de mon entretien avec le responsable des parties privées, je frappai sur un rythme convenu. Jack vint m'ouvrir rapidement. Il était seul dans le salon de la suite, en train de boire une bière devant la télé. Je lu demandai où étaient Emily et John. Il me fit un petit geste désignant la chambre avec un clin d'œil entendu. Les bruits que je pouvais entendre en m'approchant de la porte ne laissaient place à aucun doute sur les activités qui s'effectuaient derrière. Je me tournai vers Jack.

— Vous avez tiré au sort ?

— Pas besoin, je préfère les hommes. Tu veux une bière ?

— Oui, merci.

Jack alla me chercher une bière agréablement fraiche dans le frigo.

— On procède comment chef ? Je suppose qu'on n'est pas là uniquement pour jouer les baby-sitters.

Je lui expliquai les grandes lignes de mon plan, je n'aurais de toute façon pas été capable de lui donner plus de détails à ce stade.

— Je dois recevoir le cash demain, ça nous laisse le temps de trouver un endroit favorable pour l'échange.

— Qu'est-ce que tu veux échanger, tu as déjà la fille !

— Je sais, je suis sans doute un peu trop fairplay, j'imagine un deal formel, du genre on se tape dans la main pour solder l'affaire.

— Tu sais que ces gars là ne jouent pas les règles ?

— Oui, c'est pour ça que vous êtes là et qu'il nous faut choisir le terrain. Tu as servi où ?

— Irak et Afghanistan.

— L'un de vous deux peut jouer le snipper ?

— John te décapsule une canette à cinq cents mètres !

— Tu connais la région ? Tu as un coin en tête ?

— Au sud, vers Sloan, il y a une base militaire et au-delà, une carrière puis le désert. À la tombée du jour, il n'y a plus personne.

Je regardai ma montre, il était dix-neuf heures, ça nous laissait le temps d'aller jeter un coup d'œil.

— On va laisser nos amis s'amuser. Montre-moi l'endroit !

Je frappai pour le principe à la porte de la chambre et entrai sans attendre de réponse. Emily était allongée sur le lit, les jambes écartées pendant que John la limait avec application.

— Je vais faire un tour avec Jack, on vous laisse la maison !

John leva la main pour me faire le signe militaire signifiant « bien compris », pouce et index en forme de O, les trois autres doigts levés. Je refermai la porte et sortis, Jack sur mes talons.

— Vous avez une voiture ?

— Un F150, au parking de l'hôtel.

— Parfait tu me conduis !

Vingt minutes plus tard, nous sortions de l'agglomération de Las Vegas par l'autoroute 15 que Jack ne tarda pas à quitter. Après avoir longé la base militaire, Jack engagea le véhicule sur une route poussiéreuse menant à une vaste complexe cimentier. Comme annoncé, à cette heure, le site était inactif. Nous fîmes un détour pour éviter la guérite de l'entrée principale avant de nous engager sur une piste empierrée au fond d'un canyon. La piste faisait un coude dans un passage resserré avant de mener à une zone où quelques mobil-home visiblement abandonnés finissaient de se délabrer. Jack arrêta la voiture.

— Il n'y a qu'un accès, John peut contrôler le défilé avec son M40 * et moi je te couvre de plus près. Combien seront-ils ?

— Je n'en ai aucune idée pour le moment, je doute qu'ils viennent avec une armée. Ce sont des petits voyous, pas le cartel de Medellin. John est équipé pour le tir nocturne ?

— Il peut sûrement se procurer le nécessaire, mais je ne sais pas si c'est une bonne option. S'ils nous foutent leurs phares dans la gueule, on fera de jolies cibles.

— OK, on dit vingt heures alors. On aura le soleil couchant dans le dos.

— On apportera quelques gadgets, juste au cas où, et du matériel de communication. Je reviendrai avec John demain pour un repérage plus précis.

— OK, ça me va. On rentre. Je vous invite à dîner ?

— C'est une fichue bonne idée, John va être mort de faim !

Lorsque nous revînmes au Bellagio, Emily regardait une émission de télé-réalité en sortie de bain, il était évident qu'elle ne portait rien dessous, John de son côté était absorbé par un jeu vidéo sur son téléphone.

— Alors, vous avez trouvé un bon coin ? demanda-t-il.

— Oui, je connais un steak house qui fait des burgers du tonnerre à trois blocs d'ici, répondit Jack. Pour le reste, je t'expliquerai tout à l'heure.

Je lui avait fait part des indiscrétions chroniques de la jeune femme et recommandé de ne pas parler devant elle de notre opération.

— Trois blocs ? On prend la voiture ?

— Ça te fera du bien de marcher un peu, tu vas te faire du gras.

— J'ai déjà fait de l'exercice aujourd'hui.

Je pris d'autorité la télécommande pour éteindre la télé et envoyai Emily s'habiller en vitesse.

—Je n'ai rien à mettre pour sortir ! protesta-t-elle.

— Un jean et un T-shirt, ça fera l'affaire, on a dit « steak house ».

Cinq minutes plus tard, la jeune femme ressortait de la chambre.

— J'ai fait comme tu as dit, un jean et un T-shirt, rien d'autre !

Elle n'avait pas besoin de le préciser, le balancement de ses seins sous le coton parlait pour elle.

— J'ai passé un coup de fil, annonça Jack, une table pour quatre dans quinze minutes. On a juste le temps. L'endroit était tout de même un peu plus chic qu'un simple restaurant de burgers, mais à Vegas, on ne regarde pas la tenue des clients. Emily aurait aussi bien pu être une chanteuse à la mode, accompagnée de son petit ami et de ses gardes du corps, qu'une touriste en mal de compagnie masculine. La carte de l'établissement aurait provoqué un infarctus chez un végétarien, mais par chance, aucun de nous ne l'était. John et Jack se considérant en service, ne burent que très peu, mais je commandai une bouteille de chardonnay pour Emily et moi. Au deuxième verre, les mains de la jeune femme se promenaient sous la nappe l'une vers John et l'autre sur ma cuisse. Pendant ce temps, Jack, très professionnel, surveillait discrètement les tables voisines. À la fin du repas, les deux hommes nous raccompagnèrent jusqu'au lobby du Bellagio avant de prendre congé.

— C'est dommage qu'ils ne restent pas pour la nuit, j'aurais bien aimé faire l'amour avec John et toi, en même temps.

— Et bien ce ne sera pas pour cette fois, ma belle.

— Avec toi seulement, alors ? C'est bien aussi.

— Je te remercie du compliment, mais j'ai encore du travail.

— On peut boire un verre au moins ?

Dix minutes plus tard, à peine entrés dans la chambre, Emily fit glisser son jean. Elle n'avait pas menti. Il n'y avait rien dessous, qu'une peau légèrement halée. Son T-shirt était juste assez long pour préserver un semblant de pudeur. Je cherchai une radio musicale. Les percussions précédèrent la voix de Mick Jagger qui entonna « Sympathy for The Devil ».

* M40 : fusil de précision utilisé par les tireurs d'élite américains

800.000 $

Je m'étais amusé à faire les calculs et je me demandais si les huit cent mille dollars pourraient tenir dans une seule valise ou si Long John arriverait avec deux bagages. Ça faisait quand même quatre cents liasses de vingt billets de cent. Je m'étais entretenu avec lui au téléphone après avoir concédé une séance de câlins à Emily. J'avais eu du mal à l'envoyer dans sa chambre pour faire le point au calme. Mon financier m'avait annoncé son arrivée pour le milieu de journée, sans me préciser ni d'où, ni comment il arriverait. Il me confirma que le principe de l'échange avait été accepté et que Pablo attendait qu'on lui transmette l'heure et le lieu. Je précisai qu'on le communiquerait le lendemain, après la visite de John et Jack. J'avais également rassuré Boris en lui confirmant que j'avais réglé les détails avec le casino pour mon engagement le week-end suivant. Si l'échange tournait mal, les parties de poker ne seraient de toute façon plus vraiment un souci pour moi. Il était plus d'une heure, encore tôt pour moi, quand je m'allongeai sur le canapé du salon. Je ne voulais pas prendre le risque de réveiller Emily et repartir pour une séance de jambes en l'air. J'ai mal dormi, en partie à cause du confort tout relatif du canapé, mais surtout parce que j'ai passé en revue toutes les problèmes possibles.

Pablo pouvait venir avec un nombre d'hommes important, mais je n'y croyais pas trop, ils ne seraient sans doute pas plus de trois ou quatre. Ils pouvaient vouloir me faire la peau, pour l'exemple, et se barrer avec le fric, mais outre que je ne voyais pas quel serait leur bénéfice, je comptais sur mes alliés pour éviter une telle situation. Bien sûr, Pablo pourrait avoir la rancune tenace et vouloir me faire un coup en traître. Pour éviter cela, Long John avait déjà préparé le deuxième effet Kiss Cool. Il ne m'avait pas donné beaucoup de détails, mais je savais que je pouvais me reposer sur lui. Pablo devrait être hors de mon chemin pour un bon moment. De toute façon, je commençais à en avoir assez de Las Vegas. C'était peut-être le moment d'aller goûter les plaisirs d'autres régions du monde. On m'avait dit le plus grand bien de Monte Carlo.

À six heures et demie, j'étais debout. Je fis une petite séance de gymnastique sur le tapis du salon, pour me dérouiller un peu. J'hésitai à descendre à la salle de fitness de l'hôtel, mais me ravisai, préférant ne pas laisser Emily seule dans la chambre. À huit heures, elle sortit de la chambre complètement nue, les cheveux ébouriffés.

— Tu étais où, mon nounours ?

— J'ai dormi sur le canapé.

— Tu ne veux pas venir te recoucher avec moi ? J'ai envie de toi.

— Je préfèrerais que tu ailles t'habiller, je vais appeler le room service et j'aime autant que le groom ne te voie pas dans cette tenue.

— Pourquoi ? Moi, ça ne me dérange pas.

— Tu veux des œufs pour ton breakfast ?

— Non, fit-elle boudeuse, je n'ai pas faim.

— Comme tu voudras.

Je commandai un solide petit-déjeuner pour deux, sachant qu'elle risquait de se raviser en voyant la table dressée. Elle était encore dans la salle de bain lorsque le repas arriva. Elle vint me rejoindre avec une serviette nouée sur ses cheveux et une autre autour de la poitrine. La connaissant, je ne donnais pas longtemps avant qu'elle ne se retrouve sur le sol. Je dois le reconnaitre, le spectacle n'étais pas déplaisant. Elle n'avait certes pas inventé l'eau tiède, mais elle était vraiment canon et finalement très accommodante. Il fallait juste garder en tête qu'elle prenait tout au premier degré.

— Tes amis vont revenir aujourd'hui ?

— Oui, ils seront là vers onze heures, ils ont quelques courses à faire avant de venir nous rejoindre.

— Je les aime bien, surtout John. J'ai l'impression que Jack ne m'apprécie pas trop.

— Rassure-toi, c'est comme ça avec toutes les femmes.

— Ah ! Dans ce cas, ça ne me gène pas. Moi j'aime bien les filles aussi, il faut juste savoir se faire plaisir. Je vais te dire un secret, tu ne le raconteras pas à ta maman ?

Je la rassurai.

— L'autre jour, quand tu m'as laissée au bord de la plage, je suis allée me baigner avec Mary. Elle m'a demandé si elle pouvait caresser mes seins et elle m'a embrassée. J'ai beaucoup aimé, malgré son âge.

— Ne t'inquiète pas, Mary est lesbienne, ce n'est un secret pour personne et maman s'entend très bien avec elle, ajoutai-je avec un clin d'œil.

— Mais elle a parlé de son mari !

— Oui, c'est vrai, mais en Californie, dans les années soixante dix, il n'était pas très bien vu de ne pas être en couple hétéro, même chez les hippies, alors elle s'est mariée avec un homme gay. Ils ont vécu sous le même toit de façon respectable pendant plus de quarante ans. Il a gagné beaucoup d'argent et quand il est mort, il lui a laissé une très jolie fortune et une magnifique villa sur les hauteurs de Santa Barbara.

— Qu'est-ce qu'on va faire en attendant, tu m'emmènes m'acheter des vêtements ? Il y a plein de boutiques en bas.

— Tu sais que je ne suis pas millionnaire ?

— C'est dommage. J'ai vu les vidéos sur la chaîne de l'hôtel : Prada, Gucci, Vuitton et d'autres que je ne connais même pas.

— Tu veux aller au spa ?

— Oh oui ! mais je n'ai pas de maillot de bain.

— On va acheter des maillots et on ira barboter un peu.

Une demi-heure plus tard, et plus léger de cent cinquante dollars, je bullais dans le jacuzzi. Nous étions les seuls clients à cette heure relativement matinale pour Las Vegas. Il me fallut beaucoup de tact pour repousser les tentatives d'Emily, dont la main s'aventurait sous la surface de l'eau. Un peu avant onze heures, nous étions de retour dans la chambre. Lorsque John et Jack s'annoncèrent, j'envoyai Emily dans la chambre pour discuter librement.

— Nous sommes retournés à Sloan, déclara Jack. John a trouvé un bon coin pour couvrir tout le défilé et la zone devant les mobile-homes. Il faudra laisser un véhicule à l'extérieur du canyon, pour ne pas nous trouver pris de court en cas de pépin. Et aussi, si les choses tournent mal, il serait préférable qu'on ne puisse pas faire le lien entre le véhicule abandonné et nous. On peut s'occuper de ça demain dans la journée.

— Vous voulez dire piquer une voiture ? demandais-je.

— Tu as vraiment besoin de connaître les détails ?

— OK, c'est vous les pros.

— Oui, c'est pour ça que tu nous paye.

— En cas de grabuge, ajouta John, on fout le feu aux bagnoles et on rentre avec le pick-up qu'on aura laissé à l'écart.

— Vous pensez que ça pourrait vraiment mal tourner ?

— On ne sait jamais, si on tombe sur des petits caïds complètement camés, tout est possible, mais on aura de quoi faire face. On a prévu deux Uzi *, des M83 ** et des lacrymo. On a aussi des gilets pare-balles.

— Vous avez un casque lourd pour moi, plaisantai-je ?

— On pourrait te trouver ça, mais ça risquerait de leur mettre la puce à l'oreille, répliqua John.

— Sérieusement, reprit Jack, il faut que tu nous précises tes objectifs. Tu veux négocier, faire des prisonniers ou liquider tout le monde ?

— Je préfèrerais traiter ça entre gentlemen, mais s'ils sortent leurs flingues les premiers, on ne fait pas de quartier.

— Pas de problème pour nous.

Le téléphone réservé aux communications avec Long John sonna brièvement. Je rappelai immédiatement.

— Je suis à Vegas, mais j'aime mieux ne pas me montrer à l'hôtel, il y a des caméras partout. Je t'envoie un point de rendez-vous discret dans quinze minutes. Tu peux m'y rejoindre pour treize heures ?

— Tes bagages sont encombrants ?

— Deux valises, une quinzaine de kilos chacune.

— OK, je viendrai accompagné.

— Parfait, on se retrouve dans une heure.

Après avoir raccroché, je m'adressai à Jack.

— Tu veux m'accompagner chercher le fric ou tu laisses ce plaisir à John ?

— Je viens avec toi, je le laisse faire la causette avec la demoiselle.

Une demi-heure plus tard, nous roulions vers le nord. La radio diffusait « Million Dollar Man ». Je me demandai quel effet ça faisait de transporter autant d'argent dans un pick-up Ford !

* Uzi : pistolet mitrailleur d'origine israélienne

** M83 : grenade fumigène

Prise en charge

Nous avions rendez-vous au club house du golf de Paiute, au bord de la route 95, vers le nord-ouest en direction de Beatty. Je ressentais une impression bizarre en pensant que c'est sur cette même route que toute cette histoire avait commencé quelques jours plus tôt. Si j'avais fait le plein avant de partir de Vegas, je ne me serais pas arrêté sur le chemin, et si…

Nous n'avions qu'une quarantaine de kilomètres à faire, mais je me demandais pourquoi Long John avait choisi cet endroit précis pour notre rendez-vous. J'eus la réponse en arrivant sur le site. Comme nous arrivions sur le parking du resort, mon téléphone me signala l'arrivée d'un message. Notre financier nous attendait à la terrasse du bar. L'homme qui se leva à notre approche devait mesurer près de deux mètres, mais était maigre comme un clou. Il portait une tenue décontractée de golfeur, et un sac de clubs était posé à ses côtés. Je justifiai la présence de Jack.

— Je comprends, on ne se sent pas forcément à l'aise avec autant de liquide dans sa voiture, répondit-il. Moi, je suis plus détaché, je ne suis que le porteur de valises. Vous buvez quelque chose, ce serait plus crédible de prendre un moment pour bavarder autour d'un verre. Je commandai un Perrier et Jack un Dr Pepper.

— Où est l'argent, demandai-je ?

— Keep cool man, j'ai ma voiture à l'œil et il y a des traceurs sur les valises.

— Tu n'as pas eu de mal à réunir la somme ?

— C'est mon business, j'ai toujours un fonds de réserve mobilisable sans préavis. Il n'y a pas eu de transaction dans les dernières quarante-huit heures.

Long John me désigna un petit sac à dos posé sur la chaise à côté de lui.

— C'est le solde du prélèvement, j'ai retenu ma commission. Tu pourras payer tes associés avec ce qui reste. Il y a quatre-vingt mille dollars en coupures usagées.

— Notre ami va sans doute comprendre assez vite qu'il s'est fait arnaquer. Qu'est-ce que tu as prévu pour la phase 2 ? demandai-je.

— Je pense que tu n'as pas besoin de connaître les détails. Dans les grandes lignes, certains services vont recevoir des informations anonymes, mais très précises sur les affaires de ce cher Pablo. Je ne doute pas qu'il se désintéresse très vite de ta petite affaire pour consacrer beaucoup de temps aux siennes. Ses avocats vont avoir du travail pendant un bon moment.

Durant notre conversation, Jack s'était éloigné pour respecter notre intimité. J'appréciai cette attitude très professionnelle. Il revint quelques minutes plus tard avec un prospectus à la main.

— Joli parcours, si on aime jouer dans le désert, bien sûr. Le green-fee * n'est pas donné, deux cents dollars, mais le paysage est superbe.

— Je vais faire dix-huit trous cet après-midi avant de rentrer. J'avais envie de découvrir ce parcours, pour changer un peu de Palm Springs. Vous ne m'en voudrez pas de vous avoir fait faire un peu de route ?

— Pas de problème, on te donne le signal dès que l'échange a été conclu et tu lances la suite.

— Suivez-moi à la voiture. Je vais vous donner les valises.

— Tu es garé où ? demanda-Jack.

— La Tesla S rouge, aux bornes de recharge.

— Je vous rejoins dans cinq minutes.

Pendant qu'il s'éloignait, Long John me vanta les mérites de sa récente acquisition.

— Je peux aller de San Jose à Los Angeles sans recharge, avec les accélérations d'une muscle-car **, mais en silence et en mode conduite autonome.

— Intéressant !

Je pensai à ma Mustang, il me faudrait prendre de ses nouvelles rapidement.

— Elle existe en cabriolet ?

— Je ne crois pas, non.

— Dommage !

Comme Jack se rangeait avec le pick-up, le golfeur sortit deux valise rigides du coffre de la voiture. Jack les glissa derrière les sièges de la Ford. Long John me confia un petit appareil électronique muni d'un écran tactile.

— Chaque valise a son propre signal, tu peux les suivre partout, sauf au quatrième sous-sol s'il n'y a pas de réseau. Satellite et 4G. S'ils ont un scanner sensible, ils peuvent détecter les puces, mais tu pourras te justifier aisément en leur donnant le récepteur. De toute façon, on n'a pas prévu de reprendre cet argent n'est-ce pas ?

— Non, en effet, ce n'était qu'un emprunt !

— Bon, c'est à vous de jouer, j'ai fait le plus facile. Il y a quelques temps, je vous aurais proposé de vous accompagner pour l'échange, mais j'ai perdu la main, je ne vous serais d'aucune utilité. Je regrette un peu cette période, mais il faut savoir faire des choix. Par contre, je peux suivre le mobile de Pablo à l'heure convenue, ça vous donnera un coup d'avance.

— Jack te contactera ce soir pour te donner les coordonnées détaillées et les conditions de la rencontre. Il utilisera mon téléphone. Tu valideras les termes avec Pablo. Quatre personnes et deux voitures maximum. Tu lui communiques le lieu au dernier moment, qu'il ne puisse pas envoyer d'éclaireur.

— Ne t'inquiète pas, je n'ai peut-être plus la forme, mais je sais encore comment ça marche.

Je montai en voiture, laissant Long John retourner à sa partie de golf.

— Drôle de gars quand même, commenta Jack. Difficile de croire qu'il a été dans les Seals !

— Peu importe, il est le meilleur aujourd'hui. J'ai une confiance absolue dans le jugement de Mark.

— Qu'est-ce qu'on va faire des valises ?

— On ne va pas les laisser dans la voiture, ça c'est sûr. On les monte dans la chambre jusqu'à demain. Un type avec une valise dans un hôtel, c'est banal, non ?

— Oui, vu comme ça.

— Et puis c'est un peu pour veiller sur elles que je vous paie.

Je connectai la radio sur Sirius. Je tombai sur un vieux titre des Pink Floyd. « Money, get away ! »

* Green-fee : tarif pratiqué pour les clients occasionnels d'un parcours de golf

** Muscle-car : voiture sportive dérivée d'un model classique, avec un moteur surdimensionné (Ford Mustang, Dodge Challenger ou Chevrolet Camaro par exemple)

Derniers préparatifs

Le retour de notre rendez-vous avec Long John s'était effectué sans incident. Nous avions pris chacun une valise et étions directement remontés dans notre chambre, refusant les services du voiturier et du bagagiste empressés. Bien que n'ayant aucune crainte, j'avais ouvert les deux valises et vérifié leur contenu. Les liasses étaient bien alignées, l'espace libre comblé par des blocs de mousse pour que le contenu reste bien en ordre. Je rangeai les valises dans le bas du placard de la chambre comme l'aurait fait n'importe quel client. De toute façon, à partir de ce moment, la chambre ne serait à aucun moment laissée vide, jusqu'à notre départ pour le lieu de rendez-vous. Je suggérai à mes baby-sitters de commander à manger auprès du roomservice et sortis déjeuner avec Emily. La pauvre fille n'avait pas encore mis le nez dehors de la journée et elle montra beaucoup d'enthousiasme.

— On peut aller marcher un peu ? demanda-t-elle.

— Oui, bien sûr, il ne fait pas trop chaud.

— On peut aller au New York ?

— Si tu veux, pourquoi spécialement là ?

— J'ai envie de faire un tour dans le roller coaster *.

Je n'étais pas particulièrement emballé à l'idée d'aller faire des loopings dans un manège à ce moment précis, mais je ne voyais pas de bonne raison de lui refuser ce petit plaisir.

— En route ! on fait un tour et on va déjeuner ensuite. L'inverse ne me semble pas prudent.

— Comme tu voudras.

Nous avons occupé une bonne partie de l'après-midi à déambuler sur le Strip, comme n'importe quels touristes, en nous arrêtant pour regarder les artistes de rue, laissant les bonimenteurs nous vanter des spectacles plus extraordinaires les uns que les autres. Nous avons aussi acheté quelques bouteilles de vin blanc, pour la soirée. Il était presque dix-huit heures lorsque nous avons retrouvé Jack et John dans la chambre.

— John, dis-je, j'aimerais que nous retournions ensemble sur le lieu de rendez-vous. Je voudrais revoir avec toi les éléments tactiques. Je ne tiens pas avoir de mauvaise surprise demain.

— Pas de problème Boss, répondit l'intéressé. On prend ta voiture ou la nôtre ?

— Je prends la mienne, puisqu'on aura deux véhicules demain, je vais mieux mémoriser le trajet en conduisant moi-même.

— Oui, tu as raison.

Nous sommes partis en laissant Emily sous la garde de Jack.

— Si tu veux bien, je vais prendre le fusil dans le pick-up, proposa John. Comme ça, on pourra mieux apprécier les angles de tir.

Voyant mon air indécis, il ajouta :

— Ne t'inquiète pas, j'ai un permis pour sortir avec ce joujou !

Le soleil commençait à descendre sur l'horizon quand nous sommes arrivés près de la carrière. Nous avons croisé nombre de véhicules quittant le site. Personne ne prêta attention à nous. En approchant du canyon, je constatai que l'on avait bien le soleil en face, ce qui serait un inconvénient pour les derniers arrivés. John m'indiqua une piste sur la droite avant le défilé. Je m'y engageai. Il serait possible de laisser un véhicule à cet endroit, sans qu'il soit visible du chemin principal. Je validai l'option avec lui et fis demi-tour pour revenir vers la piste principale. Je stoppai le SUV à proximité des baraquements abandonnés, tourné vers l'unique accès. John prit la valise contenant le fusil et descendit. Je le suivis rapidement. Il m'indiqua un petit promontoire, un peu au dessus des mobile-homes, dans l'axe de la vallée.

— Je pense m'installer là-haut. On va voir ?

Le terrain n'était pas trop difficile et rapidement, nous fûmes en place. La vue était totalement dégagée, à l'exception des quelques mètres devant les constructions. Pendant que John ouvrait la valise et assemblait son arme, je scrutai le paysage. Le coude sur le chemin devait se situer à trois cents ou quatre cents mètres, mais de notre point de vue, il était possible de voir au-delà. John ne pourrait pas manquer un véhicule approchant du canyon. John me tendit le fusil qu'il avait fini de monter. L'arme était impressionnante.

— C'est un M40A3, la dernière génération. Efficace à plus de neuf cents mètres. La lunette grossit douze fois.

J'épaulai et plaçait l'œil contre l'oculaire. Il me fallut quelques secondes pour stabiliser l'image.

— Ce n'est pas spécialement prévu pour tirer debout, plaisanta le snipper.

— Je me suis toujours demandé comment faisaient ces gars qui tirent après une course de ski ! ajoutai-je.

— Je serai couché et camouflé. J'espère juste qu'il n'y a pas de rattlesnakes ** dans le coin.

Dans la lunette de visée, je pouvais nettement distinguer les bâtiments de la base militaire situés à plus de cinq kilomètres. J'aurais pu compter les voitures qui en sortaient.

— J'ai eu l'occasion de tirer quelques fois avec des fusils de précision, mais la visée de celui-ci est exceptionnelle.

— On peut même y adapter un amplificateur de lumière pour le tir de nuit ! Si ton gars bouge une oreille, je peux choisir dans quel œil je lui loge la balle.

— Tu as combien de cartouches dans le magasin ?

— Cinq, mais je peux recharger en moins de dix secondes.

— Je ne pense pas que ce sera nécessaire, mais c'est bon à savoir.

— Tu veux essayer ?

— Pourquoi pas.

— Attends quelques minutes, je descend, mais repose le flingue s'il te plait !

Je lui rendis le fusil. John redescendit jusqu'au coude du chemin. En chemin il ramassa une canette vide près d'un cabanon et la déposa sur une grosse pierre. Quand il fût remonté, il me tendit le M40 après avoir fait monter une balle.

— J'ai réglé la hausse pour trois cents mètres, il n'y a pas de vent.

Je cherchai un endroit favorable pour m'allonger et poser le support sous le canon. Je repris la visée, il me fallut quelques instants pour repérer la cible.

— C'est de la Bud Light !

— Bien vu. Vas-y doucement sur la détente, elle est très sensible.

Je tirai une première balle qui fit fuser un éclat de pierre.

— Vingt centimètres à gauche, commenta John. Pas mal pour un bleu.

Je me concentrai pour un deuxième tir.

— Cinq centimètres à droite. Dans les deux cas, en visant le cœur, tu avais des chances de toucher ton gars.

Je lui laissai ma place. Dix secondes plus tard, la canette volait.

— Tu n'es pas mauvais tireur pour un type du renseignement, complimenta mon instructeur.

— J’ai fait tout le parcours d’entrainement et je me débrouille plutôt bien au pistolet.

— C’est bon pour moi, j’en ai assez vu ici. Allons jeter un coup d’œil en bas.

John démonta et rangea soigneusement son équipement avant de redescendre vers la voiture. Il posa la valise derrière les sièges et se dirigea vers les bungalows délabrés. Il y avait quatre constructions, toutes plus rouillées les unes que les autres. John se dirigea vers l’une d’elle, un peu décalée de l’axe principal. Il poussa la porte branlante et se dirigea vers l’unique fenêtre.

— En se postant ici, Jack aura une ligne de tir dégagée, si tu restes assez près de la voiture, plutôt sur la gauche.

— Compris, chef.

— On aura des radios cryptées avec des oreillettes. Le mieux pour toi sera d’attendre dans la voiture. Je vous préviendrai dès que je les verrai se pointer. Quand ils sont arrêtés, tu sors lentement et tu montres les valises. Si tout va bien, un ou deux gars vont s’approcher. Demande à parler à Pablo en personne, pour conclure le deal ! S’il y en a un qui fait un mauvais geste, il est mort. Et les autres suivront de peu. J’ouvre le feu et Jack conclut si nécessaire.

— Et moi, j'aurai un flingue ?

— Comme tu le sens ! Si ça peut te rassurer.

— J'aimerais mieux.

Le soleil était maintenant couché et la nuit commençait à noyer le canyon dans la pénombre. Nous reprîmes le chemin de Vegas. La radio diffusait « Fortunate Son ». J'était trop jeune pour le Vietnam, mais je trouvais la musique de circonstance.

* Roller Coaster : attraction foraine, le grand « huit », l'hôtel-casino New York en a un intégré dans son complexe immobilier

** Rattlesnake : serpent à sonnette ou crotale, très fréquent dans les déserts américains

On passe à l'action

La soirée et la nuit n'avaient pas été particulièrement remarquables. Emily avait insisté pour que nous dormions ensemble. Je dois reconnaitre que je n'avais pas de véritable raison de refuser. Cette petite ingénue avait quand même un sacré sex-appeal et je n'avais pas fait vœu de chasteté. Je me posais cependant la question de l'après. Si tout se passait comme prévu, demain soir, Emily serait délivrée de son lien avec Pablo et moi j'aurais à honorer mon engagement pour trois soirées de poker professionnel. Je ne voyais pas comment je pourrais continuer à conserver cette fille à ma remorque en conservant le même mode de vie. Pour être honnête, je n'avais pas du tout envie de changer de vie. Hormis ce passage imprévu, j'étais très heureux avec mon job et surtout ma totale liberté. Il n'y avait pas de place pour une femme à plein temps dans ce schéma là. J'avais commencé à aborder le sujet avec la jeune femme et je dois dire que sa réaction ne m'avait pas vraiment rassuré. Elle avait commencé par la moue boudeuse à laquelle je commençais à être habitué, puis je l'avais sentie au bord des larmes quand elle m'avait demandé ce qui ne me plaisait pas chez elle. Je n'avais pas eu d'autre choix que de temporiser. Était-ce pour essayer de me convaincre ou juste pour me faire plaisir, le fait est qu'elle s'était surpassée au lit après m'avoir gratifié d'un numéro de lap danse particulièrement réussi.

Le lendemain matin, nous nous étions levés assez tard, n'ayant pas grand-chose à faire qu'attendre l'heure de la confrontation. J'avais eu une conversation avec Long John qui m'avait confirmé que la phase deux était sur la rampe de lancement, n'attendant plus que mon feu vert pour être engagée. Vers midi, John et Jack frappèrent à la porte de la chambre. Jack portait une petite mallette dont il sortit les dispositifs de communication. C'étaient du matériel de haute technologie, particulièrement discret, insensible aux brouillages usuels et assurant une portée de plusieurs kilomètres en terrain dégagé. Nous fîmes quelques essais parfaitement concluants. John me tendit un Glock 17.

— C'est une arme intraçable, mais tes empreintes, elles, sont bien reconnaissables. Si tu dois t'en débarrasser, pense à bien le nettoyer ! Neuf millimètres Parabellum, chargeur dix coups, ça devrait être assez pour toi, mais normalement, tu n'auras pas à t'en servir. J'ai aussi prévu un étui pour le porter, c'est un peu encombrant pour la poche du jean.

— Je connais ce pistolet, je sais m'en servir, lui répondis-je en faisant monter une balle dans le canon.

Je retirai immédiatement le chargeur et éjectai la munition. Je remis la balle dans le magasin et rangeai le tout dans l'étui. Comme la veille, j'emmenai Emily déjeuner en laissant la chambre et son contenu sous la garde des deux anciens militaires. Une chose me tracassait un peu, mais je ne voyais pas vraiment de solution. Il allait me falloir laisser ma protégée seule le temps que nous allions être occupés à l'échange. Je ne voulais pas trop mouiller Boris dans cette affaire, mais je n'avais personne d'autre sur qui compter à Las Vegas. Mon agent habitait une jolie villa avec piscine, sur les hauteurs au sud de la ville. Je lui faisais gagner pas mal d'argent sans trop d'efforts, il ne fit aucune difficulté pour accueillir la jeune femme en fin de journée. Boris vivait généralement seul depuis que sa femme l'avait quitté, dix ans plus haut, ne supportant plus le climat du Nevada. Il avait un fils d'une trentaine d'année, pilote d'avion privé, qui passait parfois un peu de temps chez lui entre deux voyages, mais cela n'était pas un problème. Il fût convenu que nous déposerions Emily chez lui avant de nous rendre à Sloan.

Peu après dix-sept heures, nous quittions Henderson pour la carrière, par l'autoroute 215. Le rendez-vous avait été fixé à dix neuf heures et Long John venait juste de communiquer les coordonnées à Pablo. Il n'y avait pas de risque qu'ils y arrivent avant nous. Comme la veille, il n'y avait que très peu de véhicules roulant vers l'ouest, l'essentiel du trafic se composant de militaires et d'employés de la carrière rentrant chez eux. John avait tout de même pris soin de salir suffisamment les plaques des deux voitures pour les rendre illisibles par d'éventuelles cameras de surveillance. Le SUV Ford fut parqué à l'emplacement repéré. Jack prit soin de vérifier qu'il n'était pas visible depuis la route principale, puis nous repartîmes tous les trois dans le pick-up. Arrivés au niveau des baraques, John et Jack descendirent de voiture pour ajuster leurs angles de vision et leur lignes de tir avant de choisir l'emplacement le plus favorable pour garer le véhicule. Jack commença par nous équiper avec les radios. Puis il sortit trois paires de jumelles qu'il nous distribua.

— Flynt, tu n'en auras probablement pas l'usage, laisse-les dans la voiture juste en sécurité.

D'une autre valise, il tira des grenades fumigènes qu'il répartit dans deux petits sacs. Il en prit un avec lui et me tendit l'autre.

— Tu sais t'en servir. La aussi, c'est juste une sécurité. Si John ouvre le feu, tu attends qu'il ait vidé son chargeur et tu fais un écran de fumée.

Je posai le sac sur le siège passager.

— Allez, on se met en place, dit John. Pas la peine de se laisser prendre au dépourvu s'ils se pointent avant l'heure.

Il prit la valise contenant son fusil de précision et un sac à dos contenant du matériel de camouflage. Les jumelles autour du cou, il commença à monter vers son poste de tir. Jack de son côté se munit des deux Uzi, du sac contenant les grenades et d'autres petites réjouissances et se dirigea vers la cabanon qui lui était assigné. Resté seul, je remontai dans la voiture.

L'attente n'allait pas être très longue, il était déjà dix-huit heures. Le soleil commençait à baisser mais il tapait encore fort. Je lançai le moteur pour profiter de la climatisation. J'entendis un petit claquement dans l'oreillette suivi de la voix de John.

— Je suis en position, j'ai une vue dégagée sur les accès. Pas de véhicule pour le moment.

— Bien reçu, répondit Jack. Je suis en place également.

— Merci les gars, nous voilà revenus quinze ans en arrière.

Le silence revint dans les écouteurs. Une fois en place, les soldats ne racontent pas leur vie. J'allumai la radio de la voiture. Je parcourus les fréquences à la recherche d'une station à mon goût. Country, Rap, variété… pas trop mon truc. Je finis par trouver une fréquence diffusant du Heavy Metal. Black Sabbath jouait « Paranoïd ». Les riffs de Tony Iommi et la voix de Ozzy Osbourne remplirent l'habitacle. Je sortis le Glock de son étui et tirai sur la culasse pour monter une balle dans la chambre puis je le posai sur le siège à côté de moi.

Je repensai à l'enchainement des événements qui m'amenaient là. Je n'avais aucun état d'âme avec le fait d'avoir escroqué un truand et monté un piège qui allait se refermer sur lui, s'il ne restait pas allongé dans la poussière sous les balles de John. À ce moment j'étais à nouveau un Seal, seul comptait le combat que nous avions décidé de mener. Tout ça pour les beaux yeux d'une blonde écervelée rencontrée dans une station-service. Je relativisai en me disant que les Athéniens avaient mené une guerre de dix ans contre Troie pour une raison aussi futile.

La voix de John se fit entendre dans mon oreille. Je coupai la radio et le moteur de la voiture.

— Véhicules en approche. Deux véhicules, une berline et un SUV noir. Ils viennent de s'engager sur le chemin qui mène au canyon. Ils devraient déboucher dans deux ou trois minutes.

— Roger, répondit Jack.

— Bien reçu, confirmai-je.

Le moment était maintenant proche. Je sentis l'adrénaline se répandre en moi. Je retrouvai le stress du combat. La première voiture émergea lentement du défilé. C'était une Maybach, dérivée d'une Mercedes série S. Une voiture de flambeur fortuné, pas vraiment adaptée au terrain. Le second véhicule était un SUV Cadillac noir, je l'avais déjà vu du côté de Yosemite. Le conducteur resta au volant de la limousine pendant que le passager descendait. Deux hommes sortirent du SUV et vinrent se placer à ses côtés. Je ne doutais pas que l'homme au centre fût Pablo.

— Je suis verrouillé sur l'homme du milieu, annonça John.

L'homme qui se dirigeait lentement vers moi devait avoir moins de quarante ans, il avait l'allure d'un latino *, le teint hâlé et les cheveux longs retenus sur l'arrière de la tête. Même de ma position, à une centaine de mètres, je pouvais voir briller les bijoux en or à ses poignets et à son cou. Il était habillé de vêtements visiblement de marque, mais assortis sans aucune recherche. Ses deux sbires restèrent trois pas derrière lui, de toute évidence prêts à intervenir au moindre geste de leur patron.

À un vingtaine de mètres de moi, Pablo s'arrêta.

— Alors c'est toi qui m'a enlevé Emily ? Qu'est-ce que tu lui trouves à cette pute ? Tu as l'argent ?

Je lui montrai la voiture. Il fit un petit signe de la tête. Je sortis lentement les deux valises. Pablo claqua des doigts et l'un des hommes de main s'approcha pour les prendre. Je reculai de quelques pas.

— Il y a le compte ? demanda Pablo.

— Huit cent mille dollars, comme convenu.

— Oui, mais c'est un million que tu as détourné de mes comptes, non ?

Une musique se fit entendre dans ma tête. Comme dans un film de Sergio Leone. Un air d'harmonica.

* Latino : résident américain originaire d'un pays d'Amérique latine

Ça se gâte

La sueur commença à s'écouler entre mes épaules, froide. Comment avions-nous été assez naïfs pour imaginer qu'il ne remarquerait pas la disparition d'un million de dollars. Pablo payait nécessairement des comptables pour gérer ses finances. Mon cerveau tournait à pleine puissance quand j'entendis un message dans l'oreillette.

— Gagne un peu de temps, baratine-le un peu ! dit Jack dans l'oreillette.

Je décidai de jouer cartes sur table. J'avais après tout une assez bonne main, avec mes renforts dans l'ombre.

— C'est que j'ai eu des frais ! Les intermédiaires prennent de grosses commissions, et puis, je n'ai fait ça que pour aider une jeune femme en difficulté. Quand je l'ai prise en stop, Emily n'avait même pas une culotte de rechange !

— Elle t'a bien baratiné, la plupart du temps, elle n'en porte même pas ! ricana le truand. Ce n'est qu'une trainée, avec de beaux nichons, juste bonne à danser et à baiser. Elle ne vaut pas cent dollars. Tu peux la garder si tu veux, mais tu me rends mon argent.

— Je voudrais bien, mais je ne l'ai plus, je viens de te le dire.

— Je m'en fous, tu me rends tout ou tu es mort. C'est simple non ?

— C'est que je n'ai pas vraiment envie de mourir, en tout cas pas maintenant.

— Tu es complètement fou ? Tu es qui pour te mesurer à moi ? Un aventurier ou un flic ?

— J'avoue, quand je l'ai vue à la station-service, je suis tombé raide dingue. Elle m'a raconté son histoire et je lui ai dit que j'allais l'aider.

— Et tu t'es imaginé qu'on pouvait me la faire à l'envers ? Il faut se méfier des blondes quand on se laisse guider par sa queue !

Pablo s'adressa à ses gros bras :

— Manuel, apporte les valises à la voiture. Enrique, va donner à ce gringo un aperçu de ce qui lui arrivera s'il ne m'apporte pas l'argent demain matin.

Le dernier nommé dégaina un couteau de chasse et se dirigea vers moi. Je me repliai vers la voiture à mesure qu'il approchait. Il avait l'air décidé à me faire mal. Je pouvais voir un rictus sadique sur son visage. Je n'avais pas beaucoup d'options. Je n'avais pas l'intention de me laisser amputer d'une partie de mon anatomie. Je pouvais prendre le flingue sur le siège de la voiture, mais il me faudrait le quitter des yeux. J'entendis la voix de John dans l'oreillette.

— Je peux le stopper. Blessure non léthale.

— OK

John accusa réception puis je vis l'homme projeté en arrière avant d'entendre la détonation. Le nommé Manuel lâcha les valises pour porter la main sous sa veste. Il pivota sur lui-même lorsque la balle l'atteignit à l'épaule. J'attrapai le Glock.

— On reste tranquille, criai-je à l'attention de Pablo. Si quelqu'un sort de ces voitures, il subira le même sort. Je n'aime pas tes façons d'agir. J'étais venu pour négocier un deal et tu préfères la violence gratuite, alors je vais revoir mon offre. Je reprends une des valises. L'autre est pour toi et on est quitte. Décide-toi vite, sinon je pourrais encore changer d'avis. Derrière Pablo, je vis la portière du SUV s'entrouvrir. Une balle pulvérisa immédiatement le pare-brise.

— Tu joues avec ta vie ? demandai-je.

— Qui es-tu ? Tu veux me prendre mon business ? Tu veux mes filles ?

— J'ai bien assez avec une !

— Alors quoi ?

— Faut pas jouer au dur avec les vétérans des commandos. On a gardé quelques mauvais reflexes, comme tirer les premiers.

Pablo pointa son index vers moi et s'écria :

— Commando de mon cul, tu es un homme mort.

— John, tu as entendu ce que notre ami a dit ?

— Oui, il a insulté les Seals, il me semble.

— Pablo, tu n'es pas raisonnable. Mon ami là-haut est très fier de son passé.

— John, tu peux viser le genou ?

— Tu es complètement malade, hurla Pablo. Vas te faire foutre !

Le truand s'écroula en se tenant la cuisse.

— Je t'avais prévenu, lui dis-je avec mépris.

J'allai récupérer les deux valises en gardant à l'œil Manuel qui se tordait de douleur sur le sol.

— Jack, appelai-je dans la radio, peux-tu venir surveiller les passagers des véhicules ?

Je le vis sortir du baraquement, un Uzi dans chaque main. Je me doutais que John le couvrirait au cas où il resterait un homme assez téméraire pour oser bouger. Il fit un signe au conducteur de la Maybach. Celui-ci sortit les mains sur la tête avant de s'allonger dans la poussière. Jack préleva un pistolet et un couteau et lui lia les mains avec des bracelets en nylon, puis il s'approcha du SUV, quelques mètres en retrait. Il jeta un coup d'œil à l'intérieur et dit dans la radio :

— Cible neutralisée.

Il fit le tour du véhicule par sécurité, ouvrant les portières arrières, puis vint me rejoindre.

— Qu'est-ce qu'on va faire de ces types ? Le conducteur du SUV est mort. On a trois blessés sérieux, ils vont se vider de leur sang dans le sable si on les laisse là.

— Le chauffeur de la Maybach est indemne. Il pourra toujours essayer de les emmener se faire soigner, répondis-je. On ne va pas les achever sur place.

— Comme tu veux, de toute façon, nous on n'est jamais venus à Vegas…

J'appelai John dans la radio.

— Tu peux descendre, on a terminé ici.

— OK, je ramasse mes douilles et j'efface mes traces ici.

Dix minutes plus tard, il était avec nous et posait ses affaires dans le pick-up. J'emmenai mes mercenaires à l'écart.

— Les gars, vous avez assuré. J'aurais préféré que ça se termine autrement, mais c'est eux qui n'ont pas suivi mes règles. Voilà ce que je suggère, on nettoie, on met le feu au SUV et on charge les blessés dans la Mercedes. Le chauffeur fera ce qu'il voudra. S'il trouve un bon médecin pas trop regardant, ils peuvent s'en tirer. Aucune blessure n'est mortelle.

— Pablo courra moins vite, tu peux me croire, plaisanta John.

— Et les deux autres auront du mal à se gratter le dos, compléta Jack.

— Pour commencer, on ramasse toutes les armes et les téléphones de ces messieurs.

Jack se dirigea vers Manuel et le remit sur pied sans ménagement avant de le fouiller soigneusement. John fit de même avec Enrique. Puis ils les conduisirent à la voiture, avant de revenir vers moi.

Pablo ne pouvait pas se relever. La balle de John lui avait explosé le fémur, juste au-dessus du genou. Par chance, il ne semblait pas y avoir d'hémorragie.

— Avec un peu de chance, tu garderas ta jambe, mais je crains que tu ne restes boiteux, lui dis-je.

Pablo cracha dans le sable. Jack lui donna un coup de pied dans les côtes.

— Tu veux que je m'occupe de l'autre ? dit-il en sortant son Uzi.

— Alors voilà ce qui va se passer. Ton chauffeur va s'occuper de vous, ou bien vous balancer dans une décharge, ce n'est pas notre problème en fait. Ce qui est certain, c'est que si tu tentes quoi que ce soit contre Emily ou l'un d'entre nous, tu n'entendras pas la balle qui te tuera.

— Fils de pute !

Jack lui décocha un nouveau coup de pied. Pablo hurla.

— J'oubliais, ma mère fait aussi partie des personnes intouchables.

Je fis un signe. Jack me tendit son Uzi. Aidé de John, il vida les poches du blessé, n'en sortant qu'un smartphone et un peu de cash. Pas d'arme.

— Portez-le dans la voiture avec les deux autres.

Je rangeai les deux valises pleines de billets derrière les sièges du pick-up.

— Qu'est-ce qu'on fait du conducteur de l'autre voiture ? demanda Jack.

— Mettez-le dans le coffre de la berline, ils en feront ce qu'ils voudront.

Je m'approchai de l'homme toujours immobilisé au sol.

— Ne me tuez pas, je ne suis que le chauffeur. J'ai des enfants.

— C'est un peu tard pour y penser, répondis-je, tu devrais songer à changer de boulot. Tu as de la chance, on a besoin de toi pour conduire tes amis se faire soigner. J'espère que tu connais l'adresse d'un bon médecin, qui ne pose pas de questions.

Je l'aidai à se relever avant de demander à Jack de lui délier les mains.

— File sans te retourner et oublie cette soirée, lui conseilla Jack. Ecoute le conseil de mon ami. Change de job ! Tu vois, celui-là est mauvais pour la santé.

L'homme se mit au volant sous notre regard et fit demi-tour avant de s'éloigner dans la poussière.

— Allez, on ne traine pas ici ! dit John. On vérifie qu'on ne laisse rien derrière nous et on fout le camp.

Dix minutes plus tard, nous étions tous les trois à la voiture.

— Allez m'attendre à la sortie du canyon, dit Jack, je vous rejoins.

John se mit au volant, et je montai à ses côtés. Jack prit son sac à dos et se dirigea vers le SUV abandonné. Nous avions à peine franchi le coude quand l'explosion se fit entendre. Jack arriva au petit trot.

— Grenade incendiaire, commenta-t-il en montant derrière moi. Allez, en route !

John démarra le pick-up et m'amena jusqu'à ma voiture. Je récupérai les deux valises et lui rendis le Glock.

— Tu vois que tu n'en avais pas besoin ! plaisanta John.

— Je vous offre à diner ? C'est le moins que je puisse faire.

— OK, répondit Jack. Laisse nous le temps de déposer notre matos, on ne va pas aller en ville avec.

— On va se changer aussi, compléta John.

— C'est juste, moi je passe récupérer Emily et on se retrouve à l'hôtel.

La nuit était tombée quand je me suis retrouvé sur l'autoroute. La radio diffusait un morceau de Willie Nelson, « On the road again ». Pour une fois, je laissai le titre aller jusqu'au bout avant de chercher une autre station.

Retour au calme

Vingt minutes plus tard, je rangeai la Ford à côté de la voiture de Boris. Une autre voiture, une Camaro de la deuxième génération, années 70, superbement restaurée, noire avec deux bandes blanches sur le capot était garée à quelques mètres. En approchant de la maison, j'entendis des éclats de voix venant de l'arrière. Emily était dans la piscine accompagnée d'un homme ressemblant à Boris, mais nettement plus jeune. Les deux jeunes gens s'ébattaient joyeusement, nus tous les deux. Me voyant approcher, Emily fit les présentations :

— Flynt, je te présente Igor, c'est le fils de Boris. Il pilote des avions.

— Enchanté Igor, je vois que vous vous entendez bien ! répondis-je. Je vous laisse continuer, je vais retrouver Boris à l'intérieur.

Je trouvai Boris dans sa cuisine, en train de préparer le repas.

— Alors ? demanda-t-il, ton rendez-vous s'est bien passé.

— Ce n'est pas vraiment comme ça que j'avais prévu les choses, mais globalement, on a obtenu ce que l'on voulait.

— Bon, vous restez pour diner avec nous ? j'ai préparé une recette de mon pays. Il y a des zakouskis variés et du bœuf Stroganov.

— Je t'assure que ça aurait été avec plaisir, mais je me suis déjà engagé pour ce soir. Je récupère Emily et je file.

— Tu as le temps de boire un verre quand même, j'ai de la vodka glacée, dit-il en exagérant son accent d'Europe de l'Est. On ne refuse jamais vodka à un ami. C'est nekulturny.

— Va pour un verre de vodka, parce que tu es un ami !

Boris alla chercher une bouteille dans son frigo.

— Celle-ci vient directement de Russie. C'est Igor qui l'a rapportée de son dernier voyage.

— Il a l'air d'apprécier Emily, remarquai-je.

— Tu peux le dire, elle lui a littéralement sauté dessus dès qu'il est arrivé. Ils sont allés droit dans sa chambre, enfermés pendant une heure, avant de se jeter nus dans la piscine. Je suppose que ça ne te gène pas.

— Oh non, bien au contraire, d'ailleurs, je me dis que je pourrais aussi bien aller diner sans elle, si ça ne te pose pas de problème.

— Pas du tout. Igor est un gentil garçon, mais il n'a jamais eu de liaison durable. Emily me semble une jeune femme charmante.

— Je ne suis pas sûr que je la recommanderais comme épouse pour ton fils, mais ce n'est pas à moi de juger.

En route vers le Strip et le Bellagio, j'essayai de joindre Long John, sans succès. Je lui laissai un message en lui demandant de m'appeler en fin de soirée. Je sortais juste d'une longue douche quand John et Jack frappèrent à la porte de la chambre. Je leur ouvris en peignoir.

— Installez-vous et servez-vous à boire, dis-je en retournant vers la salle de bain. Je n'en ai que pour quelques minutes.

— Emily n'est pas là, s'étonna John ?

— Non, je l'ai laissée en compagnie du fils de Boris. Lorsque je les ai quittés, ils batifolaient tous les deux, nus dans la piscine.

— Cette fille est étonnante, commenta John, elle saute sur tous les males qui passent à sa portée.

— Tiens, je n'avais pas remarqué, ironisa Jack.

— Tu es jaloux ? relança John.

— Non, pas du tout, bougonna son partenaire.

Je revins en caleçon dans la chambre pour interrompre la joute.

— Où est-ce que vous voulez aller diner ? c'est moi qui régale !

— Tu as les moyens de nous offrir quelque chose de bien, plaisanta John en désignant les deux valises posées à côté du lit.

— C'est vrai, alors lâchez-vous.

Après un petit conciliabule, les deux hommes m'annoncèrent leur choix.

— On commencerait bien par un drink au Skyfall Lounge. Ensuite on verra bien.

Je connaissais le Skyfall, réputé pour sa vue impressionnante sur le Strip et les casinos depuis sa terrasse au 64e étage. J'appelai le concierge de l'hôtel pour lui demander d'effectuer une réservation.

— On y va à pied ? demandai-je.

— J'ai assez joué au soldat pour aujourd'hui, répondit John. On prend un taxi !

Les boissons venaient de nous être servies. Un silence inhabituel s'installa entre nous. Enfin, pas si inhabituel que ça. Nous connaissions ce moment particulier, après une mission sur le terrain où chacun revit les moments intenses de l'action qui vient de se terminer. Je brisai le charme en demandant à mes deux acolytes ce qu'ils avaient comme projets. Ce fût John qui se lança le premier.

— Je crois que je vais aller surfer à Hawaï. J'en ai envie depuis un moment et un ancien des Seals a repris un petit hôtel à Waikiki.

— Et toi, demandai-je à Jack.

— Je ne sais pas encore, je vais peut-être faire un tour dans le Nord, chasser le gros gibier dans le Montana, en passant par Yellowstone. Je n'aime pas trop l'été en Californie.

— C'est pas un peu tôt pour la chasse ?

— Dans certains coins, ça commence dès le 15 août. J'ai le temps d'y aller tranquillement…

— Tu vas rester à Vegas ? me demanda John.

— Je ne crois pas non. Pas seulement par sécurité, mais aussi pour voir un peu d'autres régions. J'ai l'intention d'aller en Europe. Je vais assurer mon dernier contrat ici, et ensuite je quitte la ville.

— Oui, ce n'est pas comme si tu avais besoin d'argent, commenta Jack.

— C'est vrai. En tout cas, je tiens encore à vous féliciter pour le travail que vous avez accompli. Mark assurera le règlement de votre prestation. Je lui demanderai d'ajouter un bonus.

— C’est sympa de ta part, mais ça faisait partie du job.

La soirée s’écoula doucement, nous enchainions verre sur verre en évoquant des souvenirs d’un passé pas si lointain. Vers minuit, je donnai le signal du départ. Nous nous séparâmes sur une dernière accolade. Je n’étais revenu pas depuis bien longtemps quand le téléphone dédié à Long John sonna. Ce dernier me demanda comment s’était déroulée l’opération. Je lui racontai comment l’affaire avait dévié de sa trajectoire, quand Pablo avait annoncé être au courant du détournement.

— C’était un risque, il faut le reconnaître, mais finalement ça se termine plutôt bien pour toi. Je vais exploiter les événements à notre avantage et ajouter un volet au scénario que j’avais prévu.

— Qu’est-ce que tu envisages ?

— Je ne peux pas te le dire au téléphone, tu le sauras assez vite. Lis les journaux ce week-end.

— Au fait, tu pourrais peut-être encore me rendre un petit service. J’ai deux valises dans ma chambre d’hôtel qui m’encombrent un peu. J’ai pensé que tu pourrais peut-être leur trouver une meilleure utilisation.

— En effet, que dirais-tu de dimanche après-midi ?

— Un peu court pour moi, j'ai une partie samedi soir, que dirais-tu de dimanche soir, chez ma mère à Carpinteria ? Je t'enverrai l'adresse.

— C'est bon pour moi. À dimanche alors.

Je cherchai une musique d'ambiance sur la radio pour finir la soirée. Je m'arrêtai sur la voix de Diana Krall reprenant « California Dreamin' ». J'ouvris une mignonette de whisky du minibar, le temps du morceau avant de me mettre au lit.

Dernière surprise

Le week-end qui avait suivi les événements de la carrière avait été délicieusement apaisé. J'avais assuré les parties de poker pour lesquelles je m'étais engagé, même si je dois reconnaître que je n'avais pas été au meilleur de mon art. Une question de motivation sans doute. Mon employeur ne m'en avait pas vraiment voulu, même si le bonus s'était trouvé significativement réduit par rapport au niveau habituel. J'avais augmenté ma fortune de huit cent quatre vingt mille dollars en l'espace de quelques jours. Je n'étais plus vraiment à ça près.

Emily avait passé le week-end chez Boris et le dimanche en fin de matinée, lorsque j'étais repassé à Henderson, elle m'avait expliqué qu'elle avait décidé de rester avec Igor. Ce choix n'était pas pour me déplaire et me permettait de cocher la dernière case sur ma To Do List *. Je puisai vingt mille dollars dans une valise pour faire un chiffre rond et laissai à la jeune femme le petit sac que m'avait laissé Long John pour les faux frais. Je ne doutai pas que ce petit cadeau puisse faciliter l'installation des deux tourtereaux.

C'est donc seul que j'avais repris la route de la Californie. Bien entendu, j'avais auparavant appelé ma mère pour lui dire qu'elle pouvait regagner son domicile et que je passerais la voir en fin de journée. Tout en roulant, je repensais à ce que les journaux avaient écrit. Le Vegas Newspaper faisait état d'un règlement de compte entre gangs qui avait fait plusieurs blessés, dont le propriétaire de plusieurs clubs de lap danse, également connu pour commanditer un important réseau de prostituées. Le Las Vegas Sun précisait que le LVPD avait procédé à plusieurs arrestations sous les motifs de proxénétisme, blanchiment d'argent et fraude fiscale. Parmi les personnes arrêtées figurait Pablo Miguel Portega, cité comme probable chef de gang. Ces arrestations faisaient suite à des informations anonymes appuyées sur des documents explicites, adressées à la direction de la police de la ville. Portega, gravement blessé au genou, était hospitalisé sous surveillance policière, en attendant d'être incarcéré. Long John avait bien fait les choses, dans la rubrique Faits Divers il était également mentionné des départs de feu dans deux clubs de strip-tease connus pour couvrir des activités illégales. L'un appartenant à Portega, l'autre à un gang rival. Je ne doutais plus que Pablo nous laisse tranquille pour un bon moment.

Il me restait cinq heures de route sous le soleil. Le réservoir de la Ford était plein. Je n'avais aucune raison de m'arrêter sur le trajet. Mon smartphone était connecté au système audio de la voiture. Je lançai ma playlist favorite. Après le solo de flute, Robert Plant lança les premières phrases : « There's a lady who's sure all that glitters is gold »

Je me sentais calme et serein. La route était droite et monotone, je me faisais dépasser par des poids lourds qui roulaient bien au-delà de la limite fixée, mais je m'en moquais. Le soleil se couchait dans le Pacifique au moment où je coupai le moteur de l'Explorer. La petite voiture de ma mère était garée devant le garage.

— Hello maman, c'est moi !

— Je suis sur la terrasse, je regarde le soleil se coucher, me répondit la voix de ma mère.

Je la rejoignis du côté de l'océan.

— Je ne me lasse jamais de ce spectacle. Tu sais qu'à Key West, ils célèbrent le coucher du soleil tous les jours de l'année ?

— Oui, mais c'est pour mieux remplir les bars juste après !

— Comment s'est passé ton séjour à Las Vegas ? Emily n'est pas avec toi ? Elle va bien j'espère.

— Ne t'inquiète pas, Emily va très bien, elle est restée à Las Vegas avec le fils de l'un de mes amis. Tu sais bien que je ne suis pas prêt pour le mariage, plaisantai-je.

— Je l'aime bien cette jeune fille, et Mary aussi. Elle nous rappelle notre jeunesse.

— Je ne pense pas que vous dansiez dans des clubs de strip-tease dans votre jeunesse !

— Non, mais il nous arrivait de danser nues sur la plage.

— Aujourd'hui, vous vous feriez embarquer rapidement !

— Qu'est-ce que tu crois, les flics de l'époque n'étaient pas tendres avec nous ! On a fini plus d'une nuit au poste de police.

— J'attends la visite d'un ami ce soir, pour clôturer définitivement cet épisode.

— Je le connais ?

— Non, je ne pense pas, mais il ne restera pas longtemps. Nous pourrons diner ensemble ensuite. Ça te dirait d'aller sur la marina à Santa Barbara ? On pourrait aller au Endless Summer, au-dessus du musée.

— C'est ce bar décoré avec des planches de surf ? Ça fait des années que je n'y suis plus retournée, me répondit Maman.

— Oui, c'est bien ça. Ils ont des bonnes bières et j'aime bien leur Fish & Chips.

Il y avait un pichet de thé glacé sur la table sur la terrasse. Je me servis un grand verre pour profiter des derniers rayons de soleil. Long John arriva peu après. Je le rejoignis sur le parking devant la maison. Il conduisait toujours sa Tesla rouge. Je lui remis les deux valises.

— J'ai fait un petit prélèvement, dis-je, il ne reste que sept cent quatre vingt mille dollars. C'est plus léger à porte.

— Pas de problème, je vais te ventiler la somme sur plusieurs comptes discrets dont je t'enverrai les codes. Tu prévois de rester dans la région ?

— Non, je vais passer quelques jours ici, je dois récupérer ma voiture au garage, mais ensuite je prévois de faire un tour en France.

— Je t'enverrai les infos sur une messagerie sécurisée.

— Ne t'inquiète pas, je sais gérer ça !

— Je n'en doute pas. Les fonds seront disponibles dans deux ou trois jours.

— Je ne suis pas pressé, j'ai assez de réserve.

Le lendemain matin, je téléphonai au garagiste pour prendre des nouvelles de la Mustang. Il me rassura en me confirmant que les réparations étaient terminées et que la voiture était comme neuve. Comme il me demandait si je souhaitais qu'il la reconduise à Carpinteria, je lui dis que je passerais la prendre chez lui dans la matinée. Il me fallait rendre l'Explorer au loueur à l'aéroport et le garage était sur le chemin du retour.

Revenu à la maison, je me connectai sur un site de réservation pour prendre mon billet pour Nice. Boris avait proposé de rechercher des engagements pour moi sur la French Riviera. Je lui avait demandé de me préserver une quinzaine de jours de vacances avant de me remettre au travail. Le plus simple était de passer par Paris. Je me dis que je pouvais en profiter pour visiter la ville avant de repartir pour la Côte d'Azur comme disent les français. Le jeudi suivant, j'étais confortablement installé dans un fauteuil de Business Class sur le vol Los Angeles-Paris d'Air France, une flute de champagne à la main.

Un mois plus tard, j'avais eu l'occasion de participer à quelques parties privées dans des villas luxueuses au Cap d'Antibes et au Casino de Monte Carlo. L'ambiance, comme les joueurs, étaient très différents de ce auquel j'étais habitué à Las Vegas, mais je n'eus pas de mal à m'adapter. Mes adversaires n'étaient plus des millionnaires texans ou des capitalistes chinois, mais plutôt des financiers du golfe Persique ou du Proche-Orient. Cela ne changeait rien au principe du jeu. On me fit plusieurs propositions pour venir jouer à Dubaï, mais je n'avais pas envie de retourner dans cette région qui me rappelait un peu trop l'Irak. J'avais trouvé une chambre très agréable dans un hôtel proche du port d'Antibes, avec piscine et vue sur la Méditerranée. Il n'y avait qu'un petit nombre de chambres et le personnel était très attentionné, sans l'empressement pesant des grooms de Las Vegas. J'étais au bord de la piscine un peu avant midi lorsque le réceptionniste vint me prévenir :

— Monsieur Flynton, il y a une dame à la réception qui souhaiterait vous rencontrer.

— Une dame, dites-vous, je n'attends personne, mais voulez-vous l'accompagner jusqu'ici et lui demander si elle souhaite boire quelque chose ?

— Bien Monsieur.

Quelques instants plus tard, une jeune femme blonde en tenue d'hôtesse de l'air, très sexy, dans une jupe courte et un corsage très ajusté se jetait dans mes bras.

— Flynt, tu es un monstre, ça fait plus d'un mois que tu as disparu sans me donner de nouvelles.

— Bonjour Emily, comment m'as-tu retrouvé alors ?

— C'est Boris qui nous a donné ton adresse.

— Nous ?

— Je suis avec Igor. Il avait un vol prévu de Las Vegas à Nice pour un client très riche. Alors il m'a proposé de l'accompagner. Normalement, il n'y a personne en cabine, mais ce client là est très exigeant. J'ai dû m'occuper de lui pendant tout le voyage, enfin sauf quand il dormait.

— Igor est avec toi ?

— Non, il est resté à l'aéroport pour des questions techniques avec l'avion. Je dois le retrouver ce soir. En attendant, on a un peu de temps tous les deux. On va dans ta chambre ?

* To Do List : liste des choses à faire

Printed in France by Amazon
Brétigny-sur-Orge, FR